エクエ・ヤンバ・オー

エクエ・ヤンバ・オー

アレホ・カルペンティエール
平田渡訳

水声社

フィクションの楽しみ

目次

I　幼少年期

1　風景（a）

角ばってはいるけれど、数学の定理をあらわす図形のように、すっきりした線を描きながら、サン・ルシオ砂糖工場は、青い丘の稜線にふちどられた、ひろびろとした谷間の中央にそびえている。かつてサトウキビ圧搾に使われていた挽《ひ》き臼《うす》が埋まった跡地に、鋼鉄や鉄板、それにコンクリートが茸《きのこ》のようにはえ、年ごとに敷地が広がっていくのを見て、ウセビオ・クエー爺さんは驚きの目をみはった。サトウキビのことなら、爺さんの知らないことはなかった。黒い土くれから芽を出すとすくすくと成長したものだが、それにはべつにびっくりすることもなかった。まず一枚目の若葉が顔をのぞかせると、あいさつをし、二枚目もそれにならう。そのうち、節と節のあいだがふくらんで伸びてゆき、小さなくぼみが縦に走った。ヒメコンドルが雨になるぞとばかりに、低空を飛びはじめると、サトウキビが、そいつは嬉しいねというような表情を浮かべるのがわかった。いずれ、真ん中の部分は刈りとられ、牛馬の荷鞍《にぐら》にゆられながら遠ざかることであろう。サトウキビは、土にふくまれる養分から樹液にいたるまで、みごとな連鎖ができあがっている。けれども刈りとられたとたん、その連鎖の糸がたちきられ、てんびん秤《ばかり》にかけられることになる。《小作人は、会社にもちこむ百アローバ〔一アローバは約十一・五キロ〕ごとに、九十六度で熱せられたあと、遠心分離機にかけられた、数キロの砂糖をもらうんだ。砂糖が通貨がわりというわけさ。何キロもらうかは、ここ半月間にしぼられたサトウキビの量の平均によるんだ》。蒸気機関車は、数千袋の砂糖をつんで突っ走るが、袋には、まだ土やひづめ、罵詈雑言がしみこんだ、赤い粒状の砂糖が、ぎっしりつまっている。やがてそれは、青白い海をわたり、異国の工場に持ちこまれ、生気のない、純白の砂糖に精製されることになる。つまり、灼熱の太陽の地から検圧計の支配する地へ、ひとの話がわかるけれど、御しがたい、二頭立ての牛が働く場所から、きちんと手入れされた機械がならぶ場所へ移されるのである。

　砂糖工場おかかえの奴隷はたくさんいるが、ウセビオ・クエーもそのひとりだった。爺さんはせまい畑で、クリスタリーナ種のサトウキビだけを栽培した。近くの農園では、人びとが仕事に精をだしていた。しかし、その地区一帯の収穫量をあわせても、サン・ルシオ工場の食欲を満たすにはじゅうぶんではなかった。収穫の季節がやってくると、煙突は、暴君のように、わがもの顔でけむりをはきだし、サイレンはけたたましい音をひびかせる。鼓動そっくりのピストン音が、クリスマスツリーに似た匂いを発する土とひとつになり、人間や家畜、あるいは草木のくらしのリズムを思いのままに狂わせ、はげしくゆさぶり、ときには情け容赦なく止めてしまった。だだっぴろい四角形の敷地のまわりに、ゆきあたりばったりに建てられた家々には、工場で働く日雇いと、それをとりしきる連中が暮らしている。鉄の波形の赤い屋根と、石灰で白くぬられた壁があるだけの長い小屋は、いちばん下っぱの働き手にあてられていた。ブルジョアたちの邸《やしき》もあった。そうした邸では、カタルーニャふうの立派な円柱や糖蜜色の欄干が競うようにつくられている。ドン・マティアス経営の雑貨店には、時代おくれの赤い水入りのガラス玉がならび、屋根には、ひなびた写真を使った看板がかかげてある。看板には、植民地時代の三門の大砲と、疥癬《かいせん》病みの、しょぼくれた猿を入れた檻が、シルエット状に浮かびあがっていた。店から離れていたが、先週、ハバナから到着したばかりの、番号が打たれた建材とアカンサスの花模様がある仕切り壁でつくられた、すてきな家がいくつかならんでいた。アメリカンスクールの女生徒のように明るく、清楚な感じがするそれらの家には、技術者と幹部社員が住むことになっている。おまけに、いいかげんに切りだされた石でできた、なかばゴシックふうの、変てこな教会の鐘楼や、子供の鉛筆による落書きやペニスの絵だらけの、コンクリート製の東屋《あずまや》も見られた。子供は、国歌《イルノ》を合唱したあと、公立学校からの帰りみち、《地球が海にはまったから、おまえのとうちゃんもかあちゃんもおだぶつさ》とはやしたてながら騒いだものだった。すこし離れた、人目につきにくい一角には、収穫期になると、ひと稼ぎするためにやってきた女たちが寝泊まりするあばら屋があった。一方、むかしながらの古い屋敷もところどころにあった。そうした屋敷には、ブラインドをそなえた広いポーチがあり、四メートルの柱がそそりたち、苔におおわれたキューバふうの屋根は、三重の波形をした瓦で葺《ふ》いてあった。

　また、ほとんど家が建ってない、まっすぐに伸びる街路が二、三本走り、そこには椰子の樹が、ひびわれた歩道や、まるく刈りこまれた灌木と、にらみあうようにそびえている。工場の入口から、狭軌の鉄道のひっこみ線が何本も伸びており、緑の平原のかなたに消えていた。地元の野球チームが使うグラウンドは、雑草がはびこり、幾何学的な線を描いていた。ホームベースの上には、スパイクの片方が突きささっていた。絵が入っていない額縁をおもわせる竿秤《さおばかり》が、紺碧の空を切りさいている。電柱の腕木には、磁器製のアーティーチョーク然としたものがびっしりとならび、きらめいていた。機関車の向きを変える転車台、転轍機、散水用のホースは、サトウキビ農園のあぜ道にすえられた武器に見えた。線路にしかれた砂利は、手の切れるような枯葉をみじんに砕いたようだった。蒸気機関車がサトウキビ畑を突きすすみながら、鼻息荒くけむりをはきだしている。まだどこかに、かつて奴隷を呼びあつめるために使われた鐘がのこっているはずだが、いまではひびが入り、放置されていた。

何カ月も、べた凪《なぎ》の海の沖合のような静けさがつづいた。秋の訪れとともに、砂ぼこりと、なま暖かい驟雨《しゅうう》に悩まされたが、その季節もすぎ、クリスマスイヴの前日になると、突然、平原に活気がみなぎった。たくさんの箱、ナットをちりばめた部品、鉄製のドラムをつんだ貨車が到着したのである。回転する黒ぬりのシリンダーのようなその貨車は、待避線に止まった。小作人がしきりに行ったりきたりしている。人びとは、畑でも街でも、荷車を直したり、短い山刀《マチエーテ》をといだり、大釜を洗ったり、機械の摩擦をおこす部分にグリースをつめたり、大いそがしだった。山刀用の砥石《といし》が悲鳴をあげる。家畜は落ちつかないようすで匂いをかぎまわった。夜になると、すべてのあばら屋にともった石油ランプの火影《ほかげ》がゆれ動くのが見えた。そして侵略がはじまった。ごった返す労働者たち。噛みタバコをくわえたアメリカ人の現場監督。毎日のように、食堂のコックに悪態をつくフランス人技師。オリーヴ油をぬったパンといっしょに赤トウガラシを口にするイタリア人の計量係。ごたぶんにもれず、アメリカ合衆国の機械会社から派遣された営業マンのユダヤ人もいた。それに、二年前、〈鮫〉〔サメ漁が好きだったホセ・ミゲル・ゴメス大統領の綽名。在位一九〇九―一三〕がだした大統領令のおかげで、艦褸《ぼろ》をまとったハイチ人兵士からなる騎兵中隊がつくられ、あらたな災いの火種になっていた。遠い地平線から姿をあらわした彼らは、おのれの女と闘鶏だけではなく、椰子の葉帽をかぶり、腰に山刀をさした黒人の傭兵隊長までつれてきた。刈り取り人むけのキャンプは、人類が誕生してまもないころの太古の住居をおもわせる、木の葉ぶきの小屋のまわりにできている。方言《パトウア》〔ハイチ訛のフランス語〕まるだしの黒人は、白米と赤か黒のインゲン豆入りのコングリー料理の食べ残しを燠火《おきび》であたためていたが、きっとこの先何週間もあきずに食べつづけることだろう。そのあと、鰓《えら》のはったジャマイカ人が、色あせたつなぎ《オーヴァーオール》にメッシュのシャツを着て、すっぱい匂いが鼻につく汗をかきかきやってきた。羽根かざりのついた、つばの広い、派手な帽子をかぶった奥方たちもいっしょに着いた。手がこんだ古拙な感じのその帽子は、いまでも写真にうつったドイツの王女が愛用しているものである。ジャマイカ人の到来とともに、アルコール度の高い酒と救世軍の精神がもちこまれることになったが、それは因果関係の当然の帰結といっていい。

　つづいてやってきたのは、スペイン人移住者である。彼らはアルパルガータ〔スペイン産のはきもの。底は麻かジュート、甲はズックかひも製〕をひきずるようにして歩き、吹き出ものだらけの顔の毛穴から、山間でつくられる酸味のきつい葡萄酒の匂いをただよわせている。ラ・コルーニャ〔ガリシア語名はア・コルーニャ。スペイン北西部のリアス式海岸にある大きな港町〕から、すしづめのフランス船でたどり着いたというのに、せまい掘っ立て小屋をあてがわれたので、またしても織りかさなるようにして寝るはめになった。そんなことではへこたれないポーランド人は、さっそくおのれの腹の上に、にわかづくりの、しけたトランクの店をひらき、骨でつくったカフスボタン、玉虫色の絹のカラー、赤紫色のガーター、マッチ箱に忍ばせたドイツ製のコンドームを売りこむ。アジア系の園芸家は、一戸建ての菜園にひざまずいた恰好で、トランプ占い師のような手つきで仕事に精をだしている。中国人の卸し商は、何千ドルもの大金をまるい金平糖《こんぺいとう》や酒樽につぎこむ。いずれも、ハバナのチャイナタウンで食品をあきなうボスの孫心龍《ソンシンロン》から送られてきたものである。最近、工場内に、支給されたばかりの日当を日雇いからまきあげようと購買部がもうけられたが、その店とまともに張りあうつもりなのだ。宿屋では、うす板状の干し肉や鱈《たら》の切り身の荷がおろされると、袋のやぶれ目からひよこ豆《ガルバンソ》が滝のように流れ落ちたので、ちょうど下にいた豚がひいひい悲鳴をあげる。炒りトウモロコシ粉の挽き割り缶のラベルには、カナリア諸島生まれのふたりの男がレスリングをするさまが描かれている。アメリカ人経営のホテルのバルでは、まがいもののマホガニーにニスがぬられている。そこには、やぶにらみの王子の肖像がついた舶来タバコ、煉瓦のかたちに、銀紙で包装された嚙みタバコ、女奴隷をはべらせたトルコのファーティマ姫の絵柄のタバコ、さらには国王の紋章やエジプト副王、あるいは、北米インディアンが使うモカシン靴をあしらった高級ブランドタバコがならんでいる。カフェや酒場では、開店前の仕こみがはじまる。棚には、土の匂いがしみこんだサトウキビ焼酎、細首の大瓶入りラム酒、底に氷砂糖のように糖分が結晶した、新芽の小枝が沈んでいる、にごり酒といったアルコール類が、ざっと百種類はとりそろえてある。スコッチウイスキーの銘柄入りの上っぱりを着てダンスをする軍人が描かれたラベルが見える。白ラベルもあれば、金ラベルもある。星座のように星々が散りばめられたコニャックの瓶。それに、ハバナの対岸にあるレグラ地区でつくられるヴェルモット酒、巡礼が催されるときに使われる、熱狂的な信者が好む小瓶入りのアニス酒もある。店内には、パリ万国博覧会や当時の人気俳優のポスター、メダルが飾られている。スパンコールの服に、臑《すね》まであるブーツをはいたサーカスの女曲馬師が、勲章をつけた好色そうな老人の膝に抱かれているリトグラフもある。国民党宣言がのった新聞紙につつまれたあと、船でサンフランシスコを経由して、五十日もかかって町にたどり着いた、米からつくられた紹興酒は、太鼓のように胴がふくらんだ黒土の壺に入っている。そのころは、酒でのどをうるおすことが疫病みたいに流行《はや》っていた。毎日、糖尿病にかかった怪物のおなかの中に入りこみ、汗水たらして働いている連中の神経をいやすには酒しかなかったのである。

それから何日ものあいだ、街路は喧噪をきわめてゆく。ジャマイカ人がうなる宗教歌が聞こえたかと思うと、キューバ人農夫がぽつりぽつりと唸るプントの歌〔スペインおよびカナリア諸島起源〕が耳に飛びこんでくる。中国人の店さきでは、蓄音機から広東ふうの恋歌が流れる。ハイチ人がアコーディオンで、喘息《ぜんそく》をわずらったような音をだすと、ガリシア人は負けてはならじと、脂肪太りのバグパイプを吹きならす。皮がふるえて共鳴しあっているボンゴは、ジャマイカのキングストンからきた連中ががなりたてる歌に、アフリカの香りをかぎつける。一方で、人びとは賭けごとにうつつを抜かしている。賽子《さいころ》、トランプ、ドミノ、もしくはルーレットに見たてられた扇風機の羽根、精製された砂糖の山にたかる蝿、牡鶏、フライパン、三個の王冠、《脂をぬった豚》を使って博打《ばくち》を愉しんでいるのだ。（なんでもキューバ人農夫の話だと、ハイチ人は夜明け前に、太陽を賭けて遊んでいるらしいぜ）。そうこうするうちに、街路はいっそう活気づく。けれども、いままでとはどこかちがっている。混沌とした中にも規律が感じられ、不安な空気がただよう。陽の光、樹木、家畜どもがなにかを待っているようである。工場の周辺では、海からそよぐ風の音が聞きとれるようになる。人びとが首を長くして待ちうけているものがあるのだが、それは……。

こうして、サトウキビの収穫期がやってくるのである。

工場にすえられた機械——線路こそないが、蒸気機関車そっくりのもの——が、つぎつぎに目をさましてゆく。円形の計器板についたバルブの針が左右に揺れだす。ピストンは屋根にむかって、勢いよく跳ねあがるけれど、もちろんボルトから外れることはない。グリースをぬった連結部品で鋼鉄と鋼鉄がしっかりつながれているのだ。鉄からまきおこる突風が、シャフトのまわりで渦をまいている。破砕機は、サメの下顎然としたものを調子よく閉じている。発電機は高速でまわっているので、停止しているようだ。大釜はひゅーひゅーと沸騰している。サトウキビは、葡萄酒の栓のように引きぬかれたあと、いっきに潰され、独特のにおいを発散しながら繊維になってゆく。その血はほとばしって、したたり落ち、パイプをつたって、火にかけられた大釜にひっきりなしに流れこむ。巨大な釜から立ちのぼる湯気が、あたり一面に充満している。焼却炉では、ノルウェイ産の石炭がくべられ搾《しぼ》りかすが燃やされている。技術者が、煮えたぎる液体をとりだし、迷路のようなガラス機器の中をさまよわせると、糖蜜水のもつ組織がくずれる。周辺の風景をふるわせ汚している怪物に、異常はないか調べるために、まるでワッセルマン反応にかけているみたいだ。さまざまな数値、温度、圧力を見ては、また数値、温度に目をやり、さらに温度が確認される。ようやく、湿った結晶が、青い文字のついた袋になだれこんでゆく。九十六度で熱せられ、遠心分離機にかけられた砂糖である。《百アローバごとに、数キロの砂糖をもらうんだ。砂糖が通貨がわりというわけさ》。砂糖の値段は跳ねあがっている。半月平均であがっている。これから、もっとあがるはずだぜ。《あっち、〝オーロッパ〟では戦争をやらかしてるからな》。温度と圧力のぐあいはどうだい。ドイツ皇帝《カイザー》〔プロイセン国王にしてドイツ皇帝だったヴィルヘルムⅡ世〕とジョフレ将軍〔カタルーニャ人。第一次世界大戦のとき、フランス軍総司令官を務める〕が激突しているんだろう。切ったり張ったりしているのは、こっちの植民地でもおんなじだけれど、こちらは、手足を切断されることもあるが、金がしこたま懐《ふところ》に入るって寸法さ。《なんだか、ドイツ人にでもなったような気分だぜ》。そもそも砂糖一ポンドが、三センタボだからな。九三年の記録をやぶるんじゃないか。四センタボどころか、五センタボになるか、それともあっさり超えてゆくかだな……。《この二万ペソのダイヤ、もらったぜ》。《百アローバごとに、数キロの砂糖をもらうんだ。砂糖が通貨がわりというわけさ》。砂糖がある、砂糖があった、砂糖があるだろう。まったく、砂糖さまさまだよ。この工場は順調だし、なんの問題もない。家畜の匂い、油の匂い、グリースの匂い、サトウキビ汁の匂い、汗の匂いが、あえぎふるえる工場内にたちこめている。導線と連結棒がゆれ、金属製の内臓が痙攣する。すばらしい太鼓のひびきが、地下でとどろく。性別不詳の機械と見まがう人間が、はしごをよじのぼり、足場の上をかけまわっている。おかげで、湯気がかたちづくる、死者の顔にかぶせる布を思わせるものの下で、ふるえながら光っている、ネジでとめた臓器をそなえる工場に、わずかな狂いが生じても、すぐに対応できるのである。

熱湯をさますための屋外プールでは、滝の競演会がひらかれている。乳白色のシャワーの中で、一万本の虹が踊り狂っている。その気になれば、虹と虹が愛撫しあうことだってできるだろう。工場は、いつはてるとも知れない二輪の牛車の列と、それにつまれた、海を砂糖味に変えられるくらい大量のサトウキビの荷を呑みこんでいる。圧搾機はひっきりなしに悲鳴をあげる。工場のトロッコ列車《ラ・クカラチャ》は、停まっているほんものの蒸気機関車をひけらかして見せる。搾りかすをつみあげた小山がつぎつぎにできてゆく。糖蜜をふくんだそのかすを食べたら、アメリカ大陸の牝牛はまるまると太るにちがいない。すべてが生みだされ、なにひとつむだなものはない。工場はいびきをかき、タバコをくゆらせ、のどを鳴らし、ヤジを飛ばす。人びとのくらしは、工場の意のままに組みたてられている。六時間ごとに、数百人の男が内部に吸いこまれると、肩で息をするほどくたびれはてた、油まみれの同数の男たちが吐きだされるのである。夜になると、大西洋横断の豪華客船が炎上するかのように、闇の中にあかあかと燃えあがる。工場は気まぐれをおこすけれど、それを止められる者は誰もいない。サイレンが鳴ると、すべての時計がぴたりと同じ時刻をさし示すのである。
こうした状況が何カ月もつづく。

2 風景（b）

　すでにガタがきたサトウキビ運搬用の荷車は、さも重たそうな足どりで、クエー爺さんの椰子の葉ぶきのあばら家の前にたどり着くと、カササギが飛びたち、刺繍のような繊細な影を落とした、タマリンドの大樹の懐に抱かれてしばらく羽をやすめた。鼻づらを地面につけた牛は、過熱したエンジンのように鼻を鳴らし、扇子がわりのしっぽで尻をあおいだ。男たちは帽子をずらし、二本の指でひたいにくっついた、汗まみれの土や、赤みがかったほこりを払った。熱くほてった雑草の上に、水蒸気がゆれながら立ちのぼる。椰子の樹は、水槽の中の藻のように静止していた。キャベツ椰子は、くぐもった感じのぱちぱちとはぜる音をたてた。コオロギの製材所はスト決行中だった。お昼になると、陽は空を蔽《おお》いつくさんばかりに大きくなった。

　そのとき、柱サボテンの生け垣に山刀であけた窓口に近づいた農夫は、バナナ畑のそばで洗濯しているサロメー婆さんにあいさつをした。婆さんは、乳白色の水につけた黒い手を止めた。

「それで、あんたの家《うち》はどうかね。おちびさんたちは元気なのかい」

農夫は、荷車の高い車輪の丸みを帯びた輻《や》に足をかけて、ふたたび御者台《ぎょしゃ》によじのぼった。頸木《くびき》につながれた牛が動きだすと、荷車は坂道をくだり、砂糖工場につづく街道をめざした。荷台の板がうまく嚙みあっていないらしく、ギーギーと嘆きの声をあげた。空高く舞いあがったヒメコンドルは、左右に大きく広げた翼で石化したような雲を支えていた。

3　降誕

その朝、サロメーはせっせと家事にいそしんでいた。肉づきのよい手で洗濯桶をかきまわし、もみ洗いをすると、サボテン・クッキーを噛みくだいたような音がした。

「赤土だらけのグアジャベーラ・シャツ〔刺繍入りの開襟シャツ〕を洗うのは、ほんとにホネだよ」

ときどきあばら屋の中で、まだ洟水《はなみず》をたらしている男の子が思い出したように泣きだした。

「バルバリータ、しょうがない娘《こ》だね、弟にちょっかいだすんじゃないよ」

それでもやはり、とぎれとぎれに金切り声が聞こえた。前庭では、やせこけた黒豚がひからびた穀物の種を食べたり、コンデンスミルクの空き缶をころがしたりしていた。バナナ畑のそばにある椰子の葉ぶきの上屋《うわや》には、われた素焼きの甕《かめ》のかけらや、三角板の上に水桶がおいてあった。水桶の中はボウフラがわいている。

サロメーは神経をいらだたせ、内心おだやかではなかった。でっぷりと肉のついた腹に洗濯ものをのせ、それを干そうとしたとたん、身におぼえのある差しこみに襲われた。まるで腹の中で犬がほえているかのようだった。なにかが体内を移動しはじめた。あらたな落ちつき先を求めているもののおかげで、リンパ液がさかんに分泌され、肉がひき裂け、口内にこみあげてくるものがあって、いやな後味がした。洗濯ものをほうりだしたサロメーは、小屋をめざして走りだした。袋をならべてつくったベッドに倒れこむと、群がってきた牝鶏にかこまれた。

「バルバリータ、ルイサのところまでひとっ走りして……、赤ん坊が生まれそうだから、すぐきてくれっていうんだよ」

少女が駆けだすと、平らにならされた地面をける、くぐもった裸足の音がした。

ルイサ婆さんが、もの好きにもくっついてきたおのれの子供と姿をあらわしたとき、サロメーはスカートのすそで、おぞましい紫色の肉のかたまりをきれいに拭っていた。こうして、子だくさんのクエー家に、またひとりキリスト教徒が増えることになった。

「いやはや、あきれた婆さんだね。なんでもっと早く呼びによこさなかったんだい」

けれども、心配にはおよばなかった。サロメーはこれまでに、いやというほど同じ体験をしていたのである。だから、産婆さん、そんなことをいうひまがあったら、草むらにほうりだしてきた濡れたままの洗濯ものを、乳香樹のそばの物干しロープにつるしてほしいもんだよ、と考えた。

「きっと、いまごろは、ろくでなしの豚どもが鼻づらで泥まみれにしてるにちがいないよ」

サイレンの遠いうなり声が、畑の上に扇状に広がってゆき、工場では十二時から六時までの勤務がはじまった。

「産婆さん、あんた……すまないけれど、肉をゆでてくれないか。もうじき、ウセビオとルイ爺さんが帰ってくるから」

そのあと、ふたりの女は赤ん坊をあやしはじめた。十年前から壁にはったままの陽やけしたカレンダーには、聖痕をおびたイエズスの聖心の絵があり、ふたりのようすを見守っている。からからに乾いた大王椰子の葉でできた壁からは、焼けた薪《まき》のような匂いがただよっていた。戸口にたったバルバリータとティティは、質問でもするかのように、しゃぶった手をあげたまま、じっと母親をながめている。小さな蜥蜴《とかげ》が蠅をつかまえようと飛びついたが、みごと失敗し、まだ羊水で濡れている、しわくちゃの、赤子の腹の上にぽとりと落ちた。生み落とされたばかりの乳呑み児は、べそをかいたような表情を浮かべた。

「泣くんじゃないよ、メネヒルド」

前庭の入口では、飼い犬のパロモがほえている。荷鞍にサトウキビの束を交差するようにつんだルイ爺さんが、町から帰ってきたのである。

4　加入儀礼（a）

　それまで、袋をならべたベッドの枠内だけが、事実上のメネヒルドの世界だった。けれども、そこを探検することに飽きると、いつも白い歯を見せながら自分をのぞきこむ兄弟たちのように、自由に動きまわりたくなった。すぐに、ベッドの縁からころがり落ちた。その拍子にカップの出っぱりに、頭をぶつけてしまったのはいいが、ちょうど、気持ちよさそうに尻尾をくっつけ合いながら、トランプのハートをさかさまにしたかたちで、愛の語らいを愉しんでいる最中の蠍《さそり》の邪魔をすることになった。メネヒルドはうめき声をあげた。さいわい、その声を聞いた者は誰もいなかったので、そのまま四つんばいになって、小屋の中を横断する長い旅にでかけた。ここ一、二年のあいだに、メネヒルドもほかの子どもと同様に、この家のめぼしいものは家具の下にひそみ隠れていることを知っていた。スープの湯気がとどくような、いつも目につく場所においてあるものには、ろくなものはなかったのである。それにたいし、ひそみ隠れているものには小さな驚きがぎっしりつまっていた。けれども、大人はひざから下のものには目がいかないものなのだ。テーブルの下にもぐりこむと、天井には、葉脈のようなものと、大理石や波にそっくりの縞もようが散りばめられている。目のあらい板は大荒れの海に、節はどれもノルウェイの有名なモスケン大渦潮のように見える。それに、素っ裸の少女がいるかと思うと、鰐の頭があり、両脚が板の芯でぼやけているが、メダルに加工されたような馬もいる。陽に照らされた皮のスツールでは、日蝕が見られ、雲がわいている。そして、昼間のベッド下は、聖域のように静まりかえっている。しかし、いちばん謎めいたものは戸棚の足許に身をひそめていた。そこは、ほこりのせいで太古の洞窟に変わり、糸状の鍾乳石がたれさがり、やわらかな振り子のようにゆれている。昆虫はたどった足跡をのこしていた。そこをはずれると、恐ろしい肉食の蜘蛛がたむろする暗がりがはじまる。あたりには、実をむすばない花粉のようになりはてた腐蝕したものに隠れて、一センタボ銅貨、針、銀紙でつくったボールといった思いがけない宝ものがころがっている。その先には、柱が生い茂るジャングルのような世界が広がり、柱に支えられた台、テーブル、棚には、円いものや刃物、死んだ家畜の肉きれがのっている。そうした世界を初めて目にしたメネヒルドは、匂いをかいだり、手でさわったり、ひっぱたいたりした。椅子の下でひと息入れると、片隅に押しやられていたキューバふうの重量感のある鞍にまたがった。そのとき、メネヒルドの長い旅は佳境にさしかかっていた。馬がかいた汗はしょっぱい味がした。口にいっぱい土をつめこむのは愉しく、星形のひんやりした拍車は、どんなにしゃぶっても溶けなかった。みどり色の旗をはこんでいる葉切り蟻の行列は、さながら生きているひもといったところだったが、メネヒルドはそのひもをぷつりと断ち切った。さらに前進すると、牡豚に鼻を押しつけられ、犬には舌でなめられたあと、壊れたかまどの下まで追いつめられた。かっとなった牝鶏には腹をひっかかれ、凶暴な蟻には尻を咬《か》まれたせいで、ひりひりしはじめた。メネヒルドが泣きわめきながら、立ちあがろうとすると、体は木くずだらけになっていた。しかし突然、すばらしいものを見つけたので、鳴き声が歓声に変わった。金色とけばけばしい色にぬられた数体の小ぶりな像が、低いテーブルの上からメネヒルドのようすをじっとうかがっていたのである。その中に、赤い舌をだした二匹の犬をしたがえ、松葉杖をついた老人が混じっていた。白のサテンの服をまとい、冠をつけた女は、玉のような幼児《おさなご》を両腕に抱いている。黒い人形は鉄の斧をふりかざしていた。さらには、みどり色の数珠をつないだ首飾り、リボンが結びつけられたパン、丸い小石でいっぱいの皿、かわいい白カップの中に置かれた、これまたかわいいランプに照らされ、浮かびあがっている魔術的な劇場が目についた。メネヒルドは祭壇かけの端をつかんで、神聖な玩具《おもちゃ》のほうに両手を伸ばした。

「こら、放しなさい」とそのとき、部屋に入ってきたサロメーが怒鳴った。「放すんだよ。いったい、どうやってベッドからおりたんだい。まあ、ひっかき傷だらけじゃないか」

その夜、赤ん坊が二度と危険に身をさらすことがないように、母親は、祭壇にまつられた聖ラサロ像の前に聖テレサの小さなろうそくの火をともした。

5　治療（a）

三歳になったとき、メネヒルドは台所で、義足をつけたようにぎこちない動きをしている、毒をもった蟹に咬まれた。四世代も前から、家のかかりつけ医をつとめるベルアー爺さんが駆けつけ、何枚もの貝殻を投げてメネヒルドの運命を占うと、まめだらけの手で腹部に三オンサ〔重さの単位で約二十九グラムに相当〕のボア蛇の脂をぬった。そのあと、ベッドの枕もとに腰をおろした爺さんは、メネヒルドのために正義の審判者《フスト・フエス》の祈りをとなえた。正義の審判官は、これから永いあいだ、メネヒルドをひとの迫害と獣の危害から守ってくれることであろう。

《牡と牝のライオンがこちらにむかってまいります。主イエズス・キリストが神に対してなさったように、立ち止まってよくよくお考えください》。そして正義の審判者にこう言った。《主よ、敵どもがやってくるのが見えます。三度くり返しますが、やつらに目があるのなら、この姿が見えませんように。手があるのなら、この体にさわりませんように。口があるのなら、こちらに話しかけませんように。足があるのなら、わたしに追いつきませんように。わたしはこの両の眼《まなこ》でにらみつけ、口と両手の三つを使ってやつらと話をします。やつらの血をすすり、心臓を真っぷたつにしてやります。至聖の御子《おんこ》がまとわれた聖なる衣にかけて誓います。わたしも同じ衣を身にまとっております。おかげで、囚《とら》われの身になったり、悪口を言われたり、呪術をかけられたり、危害を加えられたり、突然死に襲われたり、ナイフで刺されたり、猛獣や毒をもった動物に咬みつかれたりすることもないはずです。そのために、天使のように清らかで、神聖なものに、この身をゆだねています。福音が守ってくれるはずです。まず神の御子がお生まれになり、ついでご復活の主日に敵どもを倒されたように、敵どもがやってきて、わたしを倒したからです。わたしどもは聖母マリア、それに聖母マリアの純潔な乳房からでる乳でつくられる聖餅《ホスティア》を信じています。それゆえに、わたしが囚われの身になったり、傷つけられたり、ふみつけにされたり、血を流すはめになったり、急死したりすることなどないはずです。聖なる十字架にこの身をゆだねます。神がわたしとともにあり、わたしが神とともにありますように。神が先陣を切られ、わたしが後塵を拝します。イエズスさま、マリアさま、ヨセフさま》。

6　牛ども

もうずいぶん前から、得体の知れない悲劇が、サン・ルシオ砂糖工場をとりまく畑一帯にふりかかろうとしていた。砂糖の値段が跳ねあがり、ウォール街の黒板で上昇線を描くにつれて、州地図の上では、工場が手にいれた土地の面積が染みのように広がっていった。多くの零細農家が、アメリカ人経営の会社側から、のどから手がでるほどの高値で畑を買いたいと言われ、百年以上も耕してきた畑の権利書を手放したのである。こうして、ドン・チーチョ・カスタニョンやラモン・リーソ、トランキリーノ・モヤといった連中所有の農地をはじめ、たくさんの農地が、外国企業の手にわたった。そのせいでウセビオは、ぐるりを工場の所有地にかこまれ、白い目で見られることになった。収穫期になると、会社の畑でできるサトウキビのほうが先に圧搾機にかけられるのがつねだった。むろん、ウセビオの家にも買いつけの話はあった。けれども、《うまい話をもちかけられる》たびに、土地に執着心があるので片意地になったのかもしれないが、なぜかこう答えのだ。

「ま、そのうち……そのうちに……ともかく、もうちょっと先になってみないことにはね」

それからまた時が流れた。サトウキビが例年になく豊作だった年、ウセビオは初めてもちあがった問題に頭をかかえた。会社側がおかかえの畑でつくらせた収穫だけで間にあうので、爺さんのサトウキビはもういらないと言いだしたのである。けれども、ウセビオがあてにできる工場といえば、サン・ルシオ工場しかなかった。ほかの工場は、貨車ではこぶほかないほど遠くはなれていた。ところが、貨車を使おうにも、サン・ルシオ工場専用のもの以外なかったのだ。その夜、ウセビオは荒れ狂い、八つあたりをしながら、夜が明けたら、アメリカ野郎をひりだした母親どもが、ひとりのこらず、くたばっていますようにと願をかけた。しかし翌朝になると、爺さんは馬に鞍をつけて、畑を売ろうと心に決めて工場にむかった。けれども、そのとき、アメリカ人経営の会社側は、いまさら爺さんの畑なんか興味ないねと突っぱねたのである。すったもんだの末、ウセビオは、昨年言われた値段の半分まで買いたたかれるはめになった。おまけに、金をもらう段になると、恩きせがましいことを言われた。そのころ、砂糖は未曾有の相場に達したあと、まだ一ポンド三センタボの高値圏に張りついていた。アンチル諸島の神話がおさめられた神殿に永久に保存されるはずの、目をむくような好景気《ヴアカス・ゴルダス》はまだつづいていたのだ。

こうして、一夜にして、クエー家の土地はわずかな敷地と家畜の囲い場をのこすだけになった。将来、なにが起こるかわからなかったし、とぼしい財産は、アメリカから輸入された缶詰やブエノスアイレスわたりの干し肉、あるいはスペイン産のひよこ豆を食べているうちに目減りしそうだったので、ウセビオは手もちの金の一部で、安定した値動きをしている会社の株を買い、子供にのこすことにした。それに、二台の荷車とそれを引く四頭の牛を手に入れた。牛はたくましい立派な体つきをしていた。脇腹は小蝿がとまっても敏感に反応するし、邪気のない目には金色のわらくずのようなものが縦横に走っている。すでに睾丸はふたつの石で切りとられていた。キューバの農村では、家畜に名前をつけるならわしがあり、一組は〈黄金の粒〉と〈宝石〉、もう一組は〈船乗り〉と〈砲兵〉と呼ばれることになった。四頭は飼い主の言うことをよく聞いたので、棒でひっぱたくまでもなかった。

「〈黄金の粒〉よ、がんばれ。〈宝石〉よ、さあ、ひとふんばりするんだぞ」

〈黄金の粒〉は、陽の光をあびた砂のように黄色味をおびていた。熟れた栗の実色をした〈宝石〉の髪は、うっすら雪をかぶっているようだった。〈砲兵〉は、濃い藍色の皮膚をし、額には白い火花を散らしていた。〈船乗り〉は、きれいなマホガニーの幹に彫られたみたいであった。そんな〈船乗り〉の脚の一部を切断した連中がいたけれど、〈黄金の粒〉の気性が限りなく穏やかだったから、このなきを得た。〈宝石〉は、ぐうたらで夢見がちなところがあった。〈砲兵〉は春になると、闘牛のように臆病風にふかれたものだった。〈船乗り〉はまじめなだけでなく、分別と落ちつきをかねそなえていた。どの牛も、牧草地でえさのダニをついばんでいる黒い小鳥と仲がよかった。ある日、サトウキビを積んで、てんびん秤の前まで行ったが、長いあいだ待たされた牛たちは、荷車ひきのウセビオが朝酒をひっかけるのを横目で見ながら、頸木《くびき》が重いのも手伝って、物思いにふけるかのようにまどろみはじめた。ほとんど目をつむり、心の中でひびく呼び声に耳をかたむけているようだった。〈黒目〉や〈五月の花〉、それに〈白い尾〉、〈癒瘡木《ゆそうぼく》〉といった名前の仲間たちが、いらだたしそうにくしゃみを発したが、気にもとめなかった。そのあと、ふっとため息をもらすと、あばら骨のあたりがふくらんだ。ウセビオの牛たちは大きな鼻にぴかぴかの環をつけており、妖艶なアビシニアの女王を思いおこさせた。爺さんは、家畜については満足の体《てい》だった。

ウセビオは畑を手放し、牛車ひきになったが、この仕事もすてたものではなかった。なによりも、工場で腸《はらわた》まで汗をかくような苛酷な仕事をする必要はなかったし、収穫のころに押しよせる寄せ集めのハイチ人連中と勤務を交代することもなかったのである。おかげで、体罰用のヘラを連想させるサイレンの音が鳴りひびいても、びくつくことはなくなった。いまでは御者台の上から、フェルト帽をかぶったジャマイカ人を余裕をもって眺めることができた。彼らは、おれたちは大英連邦に属する国民なんだとさも誇らしそうにのたまったものだが、そんなやつらを前にすると、思いきり蔑《さげす》んでやりたくなった。

メネヒルドは八歳になり、子をはらませる力こそないものの、ペニスが自然に勃起するようになったとき、父親につれられて町に出かけた。有無を言わせぬ声で、〈黄金の粒〉と〈宝石〉を工場にむかって駆りたてながら、やわらかにうねるサトウキビ畑のあいだをつらぬくあぜ道を走った。たくましい首筋の牛たちは、荒々しく息をはき、陽照りのために土の上にはっきり残ったひづめの跡をたどって行った。

それ以来、メネヒルドはウセビオの仕事を手伝うようになった。一方、サロメーは洗濯に精をだし、相変わらず皮膚の黒い赤ん坊をつぎつぎと生み落としていた。地方警察のおまわりが、子供は公立学校の授業を受ける決まりになっているんだ、とあてこすりを言ったが、逆効果だった。ウセビオは、せがれの手を借りなくちゃ、畑仕事ができないんだよ、代わりはいないぜ、とすごい剣幕で食ってかかり、自分の考えをまくしたてた。恐れをなした巡査は、小屋からすごすごと退散し、おおやけの教育っていうのは人が言うようにほんとに役立つんだろうか、と疑りはじめた。

7 リズム

メネヒルドは字が読めないのは確かだった。それどころか、十字のかたちを書いて署名することすらできなかった。そのかわり、リズムにあわせて体を動かすことにかけては玄人《くろうと》はだしだった。もって生まれたリズム感が血の中に脈々と流れていたのである。少年が、虫に食われた箱や白蟻が穴をあけた木の幹をたたくと、忘れられていた人間らしい音楽がよみがえった。歌を口ずさむと、のどの奥から荒削りながらも力づよいメロディーが鳴りひびいた。両肩と腹をくねらせつつ鼻歌まじりに、初めて作曲のまねごとして見せたが、身ぶり手ぶりによる対位法が功を奏してみごとなできばえだった。

ウセビオの守護聖人の祝祭日がくると、仲間たちが掘ったて小屋の軒先につめかけ、酒瓶をまわして豪快にラッパ飲みをしながら、ボンゴやギターの音あわせをした。ソン〔スペインのギター系楽器とアフリカの打楽器の音楽が、洗練されたかたちで融合したもの〕やルンバの低音が鳴りだすと、家畜が囲い場のすきまから黒い鼻づらをのぞかせた。ギターが気だるそうに、そして三対の弦をそなえたトレス・ギターがそっけなく主題をかなでた。手かスティックでたたく打楽器が言葉を発しはじめた。そうした音は、フーガ形式の歌のように、つぎつぎにロンドーに入っていった。田舎生まれのクラヴィコードといった趣きのマリンブラ〔ルンバ・ボックスともいう。共鳴用の穴のある木の箱に大きさの違う長方形の鉄片を固定し、かき鳴らす〕が、くぐもった音色で伴奏をつとめた。やがて、素焼きの水さし職人は、ドローン〔風笛などの通奏低音〕のように共鳴する陶器製のコンバを口につけると、アドリブで通奏低音を弾いた。ギーロは、固い棒でごしごしこすられ、うなるような甲高い音をだした。膝のあいだにはさまれた何張りもの太鼓は、火で暖められて張りつめた仔山羊の皮を平手でたたかれると、高らかにひびきわたった。ある男は、真鍮《しんちゅう》製のカウベルのむこうを張って、こめかみの高さまでもちあげたマラカスを激しく振った。べつの男は、単音節だけでつくられた味気ないシンフォニア〔バロックオペラやオラトリオに含まれる序曲や間奏曲の類い〕に趣きをそえようとして、鉄製の太鼓のバチをつかみ、十二音節詩句《アレクサンドラン》のリズムでゆっくり犂《すき》の先端をたたいた。さらに、もうひとりの名人は牛の顎の中の、散弾がびっしりつまったような歯をひっかいた。よくひびく細い棒で、脛骨どうしがぶつかるような乾いた音を出す男もいた。その音は、楽器として使われる牛の頭蓋骨のひびきに似ていた。また、チューインガムを入れてあった箱《カホン》を打楽器に仕立てる者もいた。つまり、ウセビオの仲間たちは、動物の皮、骨、木、金属といった手近にあるもので、音楽を愉しんでいたのである。こうして、砂糖工場の煙突から半レグア〔一レグアは約五・五キロメートル〕はなれたところで、直感と神秘に満ちた遠いむかしの調べがよみがえっていた。ほとんどが動物由来の楽器と黒人のとなえる連禱が、目に見えないジャングルのような雰囲気の中でひとつに調和していた。思いがけない祈りのせいで、沈むに沈めなくなった夕陽が地平線にとどまっている。木立の中では、牝鶏が首を伸ばし黄色い目で、朗々たる声で奇妙な呪術にふけっている連中の影をながめていた。魔術的なものとキリスト教的なものをあわせもった、深遠な歌がリズムによって組み立てられた足場の上に広がった。のど自慢の男が一種の叙唱《レチタティーボ》のようなものをささげると、ほかの者はリフレーンを合唱した。そして突然、静かになると、合唱団の団長がソロでこう歌った。

みんな、
みんな、
おれは故人の
親族にたのまれたんだ、
生前、パパ・モンテーロ〔一九三〇年代の伝説的なルンバの踊り手。ハバナで暗殺された。『パパ・モンテーロの最後のルンバ』という映画になった〕
と呼ばれた男の葬列を見送ってくれってね。

ギターを爪弾く音がし、アタバル小太鼓が鳴りひびき、ほかの連中がこう唱和した。

パパ・モンテーロを追悼しようぜ。
ドン、ドン。
あれは名うてのルンバの踊り手だった。

原初的なアレグロの曲が、つぎつぎに変奏されてゆく。そしてとうとう、楽器を手にした者たちがくたびれたらしく楽の音がとぎれた。パパ・モンテーロとは、マリンブラの弾き手で、ニャーニゴ

〔黒人奴隷によってアフリカからキューバに移入された、相互扶助のための秘密結社〕の会員、しかも伊達男で、一流の踊り手だった。パパ・モンテーロの目を見張る活躍は、ひとの口から口へと伝えられ語り草になっているのだ。彼はチェーヴェレ〔洒落者で殺し屋、流行歌にもうたわれた人物〕とゴイーコの息子として生まれ、『マリア・ラ・オー』〔一九三〇年初演のサルスエラ（スペインふうオペレッタ）。エルネスト・レクオーナが音楽担当〕の女主人公の愛人だった。ソンの曲が鳴りだすと、その体は静かな椰子の樹のあいだをかろやかに舞うように見えた。めまぐるしく変わる歌詞の中で、マニータ・エネル・スエロ〔本名アレハンドロ・ガルシア・カトゥルラ。一九〇六―四〇。キューバの作曲家。カルペンティエールは彼のために一幕物のオペラの台本『マニータ・エネル・スエロ』（一九三一）を書いた〕や、〈旧ハバナ郊外のマングラール地区に住んでいた解放奴隷のクーロ一族〉〔『マリア・ラ・オー』の中の楽曲のひとつ〕がいて、〈蟹亭〉という居酒屋が流行《はや》った、古きよき時代が浮かびあがった。黒い顔、金のイヤリング、フリルの袖つきシャツ、首にまいた暗紫色のスカーフ、軽いサンダル、はすにかぶったパナマ帽といったいでたちで、腰には腹が痛いとき、もの知りのベルアーが締めさせた、ボア蛇の皮でつくったベルトが光っていた。それに、パパ・モンテーロは、メネヒルドの父親が一度も行ったことがない都会で、女を口説いてまわった遊び人でもある。むろん、ウセビオも、都会がどんなところか話には聞いていた。あそこは、家が山ほどあって、政治がおこなわれ、ルンバの曲が流れ、女がわんさかいるところなんだが、この女どもが曲者《くせもの》なんだ。あいつらと出歩きたけりゃ、パパ・モンテーロみたいな気性じゃないと、つとまらんだろう。誰もが知っている歌やデシマ〔キューバ人農夫の歌〕には、さまざまな裏切りやぺてんにたいする嘆きがこめられているとおりさ。マリア・ルイサ、アウローラ、キ印のカンディータ、黒人娘のアメリアは、どんな女だったかっていうのか。魔性の女たちだったらしいな。

ゆうべ、きみが踊る姿が見えた、

ドアを開けたまま、踊っていたから。
〈哀れな吟遊詩人〉は、犠牲者然とした調子が染みついていた。

レグラ教区の聖母さま、
このぼくを哀れみください、
このぼくを。

偉大なチェーヴェレの話とともに、収穫が思わしくなかったにことついての嘆きの声があがった。

おれがサトウキビを刈ることはないのさ、
風になぎたおされりゃいいんだ。
でなきゃ、女たちに
踏みたおさせりゃいいんだ。

けれども、キューバ人の象徴とも言えるパパ・モンテーロの霊が、歌い手の口を借りてふたたびこう語りかけた。

女たちよ、

眠るな、
女たちよ、
眠らないでくれ。
おれが夜明けに、
パルマ・ソリアーノ〔キューバ東部の都市サンティアゴ・デ・クーバの北西にある町〕へ
行って、
ソンを踊るから。

　オリエンテ州産のラム酒をあおったせいで舌が赤くほてっていたけれど、男たちは楽器を弾きながら、うなるように歌った。

パルマ・ソリアーノへ
ソンを踊りに行くんだ。
女あさりに行くんだ。
夜明けに、
パルマ・ソリアーノへ、
夜明けに、
出る汽車に乗って、
夜明けに、

ルンバを踊りに行くんだ、
夜明けに、
太鼓をたたきに行くんだ、
夜明けに……

歌詞はアドリブで変わっていった。同じ主題がくり返されると、一種の催眠効果のようなものが生じた。声がかすれ、息をはずませ、ぐっしょり汗をかいた歌い手たちは、いまにも襲いかかりそうな闘鶏そっくりの顔つきになってにらみ合っている。打楽器は狂おしく鳴りひびき、さまざまなリズムをかなでた。そうしたリズムはとぎれとぎれになったり、乱れたように見えて、そのじつ、全体としてはひとつに融けあい、なにものにもとらわれない、驚くべき調和を生みだしていた。それは、いってみれば、鞭でおどされ、足枷《あしかせ》をはめられ、集団でむりやり移住させられた、遠いむかしの悲哀をしのぶ生々しい音の建造物のようなものだった。あるいは、地方でおきたできごとを思いおこし、それにひどく心を痛めている生きた庶民の音楽といってもいい。

火事だ、火事だ、火事だ、
発電所が焼け落ちるぞ、
消防団が駆けつけなかったら、
発電所が焼け落ちるぞ。

こうした音楽好きの夜の集まりで、メネヒルドはふつうの太鼓のたたき方はもちろん、秘訣《こつ》までつかんでしまった。ある夜、思いきって打楽器の磁気をおびた円の中に入り、腰をふって踊りだすと、身のこなしがあまりにも堂に入っていたので、ソンの弾き手が狂喜して喚声をあげ、いちだんと激しく太鼓をたたいた。メネヒルドは生まれつき、ヤンブー〔アフロキューバ的な踊り〕、東部の山間部の長いソンを知っていたし、聖者の霊がひとに取り憑くようにする術《すべ》を心得ていたのである。そんなわけで、力づよいルンバを踊ったとき、ひととおり聖者の霊が乗りうつる過程をやってみせた。首の力をぬき、真剣なまなざしで、両腕を組み、臍《へそ》にある目に見えない軸にむかって両肩を動かしたとたん、ひと飛びした。そして、手のひらを下にむけて両手を開いた。両足は、軒先の平らにならされた地面の上をすべるようにすすむ。一歩ごとに、迫真の動きを見せた。先祖からうけついだ本能ともいえる彼のダンスを解剖すれば、以上のとおりである。

打楽器の音と酒に酔いしれた奏者たちは、真夜中近くにひきあげて行った。空気がぬけた風船みたいな、ヘルペスにかかったような、冴えない月が、花をつけたマンゴーの木立ちの背後から昇った。工場につづく道までできたとき、突然、派手な口喧嘩がはじまった。クトゥーコが、ほんとの男らしい男《マチョ》はおれひとりしかいないぜ、と言ったのである。夜露に濡れた草むらに、太鼓がころがった。ナイフを根もとまで突き刺してやろうか、という殺気だった声がひびいた。けれども、けっきょく、その日の祝いの宴は、李漁《リ・イ》の店のカウンターで、にぎやかに酒を汲みかわして終わり、ことなきをえた。李漁は、十二時の勤務交替がすんだら、空色にぬられた店を閉めるつもりだった。

その夜、メネヒルドは神経が昂《たか》ぶって眠れなかった。それでも、暗い小屋の中でぼそぼそささやく声につづいて、怪しげな物音を耳にしたとき、また新しい弟か妹ができるんだという思いがひらめいた。なんとも言いようのない不安と、胸くその悪くなるいらだちをおぼえた。そこには、父親にたいする憤りがこもっていた。自分が寝ている目と鼻の先で、ただ乱暴なだけの、なんの足しにもならない行為がくり返されているように思えたのである。メネヒルドは泣きたくなったが、がまんして目をつむった。そのあと、もはや子供の夢とはいえない夢を初めて見た。

8　暴風雨（a）

地方警察本部は二人組の巡査を出動させ、進路をそれるとはまず考えられないハリケーンが、今夜にも通過するから警戒をおこたらないように、と住民にふれまわらせた。パウラ・マチョ、通称〈バチ当たりた女〉は大風《シクロン》がくると知ると、日頃の汚名をそそぐ願ってもないチャンスがおとずれたと思った。さっそく、タモ網を肩にかつぐと、町はずれの家々をたずね、柵を押しあけたり、ドアをたたいたりしながら、すでに誰もが知っていることを伝えてまわった。

「じきに暴風がやってくるよ……」

パウラ・マチョは行く先々でけむたい顔をされ、おまえの母親なんかくたばりゃいいんだ、と言葉にならない言葉でののしられた。肉屋だった夫アティラーノに先立たれてからというもの、彼女が道ばたで童貞をうばわなかった町の若者は、ひとりもいなかったのである。パウラ・マチョというのは

〈気がふれた女〉であるだけでなく、邪眼《マル・デ・オホ》でにらみつけ、災いをもたらし、煉獄に堕ちた魂《アニマ・ソラ》を呼びだす霊媒師でもあった。あるとき、アデーラ農園ではたらくハイチ人が墓地を荒らし、呪術に使うために頭蓋骨をはじめ遺骨を盗みだすという事件が起きた。このおだやかでない事件にも、パウラ・マチョがいちまい噛んでいたことを、誰もが忘れていなかった。けっきょく、盗まれた遺骨はハイチ人被告の住居をさがしても見つからなかった。あれは、死体を愛撫してまわるような女だ。墓地の土をかかえて、ひとりでさっさとどこかに失《う》せりゃいいんだ。

　パウラがいつも頭にまいているスカーフが、ウセビオの家につづく道をすすんでゆくのがしだいに見えてきた。彼女の素足は、一歩すすむごとに赤い泥にめりこんだ。三日前から、どんよりした鉛色の雲がたれこめ、谷間の隅々までおおいつくしている。遠くに見えるパンさながらに丸い山の頂きを、雲がひっきりなしに掃《は》いてゆく。ずっと吹きつづけている雨をともなった強風が、ますます激しくなっていった。正午近くになってようやく、嵐の前の茫洋たる静けさがおとずれ、平原全体にのしかかりはじめた。ひどい蒸し暑さのために、神経がまいりそうだった。地平線のかなたで、岩がころげ落ちるように雷鳴がとどろいた。急に増水した川を、泥だらけの椰子の葉や電柱が流れていった。椰子の幹は、てっぺんから根もとまで帯状に濡れそぼっていた。あたりは、野バラや腐った樹の匂いがむんむんとただよっていた。ヒメコンドルはどこかに姿をくらましていた。

「さあさあ中にお入り」

　飼い犬がほえたので、誰かがきたのがわかった。サロメーは勝手口から、鼻につんとくる煙のヴェールにつつまれた顔をのぞかせた。

「あら、パウラ。あんたが顔を見せるなんて、どういう風の吹きまわしだい」

「じきにひどい雨風になりますよ」

サロメーは眉根をひそめた。パウラの忌まわしい口からそうした知らせを聞くと、とんでもない災難が降りかかってきそうな気がしたのである。

「さっき巡査がふたりづれでやってきて、そんなこと言ってたけれど」とそっけなく答えた。

「なあんだ……だったら、くるんじゃなかった……ツイてないわ……大風がきて、この家がもちこたえられるといいけれど……」

「こないだ、五日間ずっと吹き荒れたときだって、ちゃんともちこたえたんだから、大丈夫だよ」

〈バチ当たり女〉はこうあてこすりを言った。

「もっと頑丈な家が何軒かつぶれたこともあるよ……」

そう言われると、案の定、サロメーは心配そうな顔つきになった。そのとき、すかさず、パウラは、ほかの住民からせしめた駄賃の品が入っているタモ網を見せた。

「そいじゃ、失礼するとして……ちょっとだけでいいんだけれど、あれ、ないかな……つまり、その、わけてもらえる肉かなんか……」

サロメーは、招かれざる客が生まれた時間を心の中で呪いつつ、サツマイモをふたつ網に放りこんだ。一方、パウラは《聖ラサロのご加護を……》と洩らすと、小屋をはなれ、水たまりのできた道をひきあげていった。サロメーは家のぐるりを見てまわり、〈バチ当たり女〉がどこかに魔術をかけていかなかったか調べた。

「あの女が首をつっこむところでは、「ろくなことは起きないから、いやなんだよ」

パウラはパウラで、バチ当たりな言葉をつぶやきながら、木立の中に姿を消した。

「コーヒー豆ぐらい、くれてもよさそうなもんだけれど……あの家の連中なんか、エレグアー〔アフロキューバ的な魔術をつかさどる神〕のたたりで、屋根の下敷きになってお陀仏になるがいいさ」

いつも自分を蔑んでいるやつらの顔を思い浮かべながら、いずれ金持ちになった日には、ひと泡ふかせてやろうとあれこれ計画をねった。金持ちになるといっても、宝くじを買うわけでもなく、蛾の羽にあらわれる数字を読みとるわけでもなかった。すべては、（ハ）バナまで旅にでて、共和国大統領の頭上にとまっている梟《ふくろう》を殺せるかどうかにかかっていたのである。

午後も果てようとする頃、家族が憂わしげな表情をして集まり、塩ゆでの肉を盛った青い大皿がおいてあるテーブルのまわりに座った。あたりは異常な静けさにつつまれており、不安がいやましに募った。数人の農夫が腰まで泥だらけになりながら、おもての道をわが家へと急いでいる。ふだんは足をとめて、生け垣のすきまから遠慮がちにあいさつをするのだが、その日は素通りしていった。むせかえるような暑さのせいで、樹木は立ちすくみ、犬は肩で息をしつつ、しっぽを巻いて家具の下に身をひそめた。ウセビオは一日中、パンヤの樹の下に穴をほりつづけ、椰子の葉ぶきの屋根が強風で吹き飛ばされたら、その穴にメネヒルドをはじめ、バルバリータ、ティティ、アンドレシート、アンバリーナ、ルペルトといった子供たちを避難させるつもりだった。それまでに、キリスト教徒が竜巻にさらわれるということが何度か起きていたのである。爺さんは、スペイン人が、一ペソで買えるロケット花火のように、町の上空を飛んでいったという話をまだおぼえていた。それに、むかし、黒人が大砲にしがみついたまま、三ブロックひきずられたあと、ふり落とされたとたん、皮膚から火花を散らせたという話もあった。さらには、仔牛が、教会の聖水盤の中で見つかったという話もある。暴風かい。あいつほど始末に負えないやつはないよ。

夕食が終わると、家族は小屋に閉じこもった。ウセビオは窓に釘をうちつけ、梁《はり》のぐあいをもう一度確かめ、すべてのドアに三本の大きな横木をわたして補強した。幼い子供たちはベッドにもぐりこみ、泣きじゃくっていた。爺さんは手のひらに吐いた唾でタバコの火を消すと、横になってだまりこくっていた。

夜半に雨が降りだし、どしゃぶりになった。四方から小屋に鞭のように打ちつけてきた。鉄槌をくだしたような最初の衝撃が走り、壁がぐらりとゆれた。いよいよ、おいでなすったようだな……

9　暴風雨（b）

……（逆方向に吹く風どうしが、大きな葡萄畑のような海藻の上でもみあっているとき、海藻の中では、ガラス細工みたいな可愛い魚が、ゴムでひっぱられたかのように、波から波へとびはねた。ひとつの点でしかなかった風が、指輪、レンズ、円盤、円形劇場、クレーター、天体の軌道といったふうに、しだいに半径を広げていき、螺旋状にとめどなくうず巻いた。それとともに、サファイア色から灰色に、灰色から鉛色に、鉛色からくすんだ闇の色に変わった。魚は四散し、海底に横たわる木立ちにむかった。木の枝では、難破したブリガンティン船〔小型の二本マストの帆船〕がゆれている。タツノオトシゴは、ひずめに似た鱗《うろこ》で無数の泡をたてながら、垂直にすばやく泳いだ。ノコギリエイとメカジキは低気圧をものともせず、わが道をたどっている。ヨシキリザメとメシロザメは、磯のくぼみにはまり、白い腹を見せてのたうちまわっていた。残された精液の跡を逆にたどれば、そこから抜けだすことができるのだけれど、そんなことを知る由もなかった。ぴくぴく動く円筒形のもの、光を放つ円形のもの、しっぽのついた楕円形のものが、嵐の夜に移動してゆく。一方、船は地図の左方向に吹きよせられていた。突然、風配図《ウインド・ローズ》が狂いだし、錨、舵、スクリューがはずれ、夜光虫がさらわれていったのである。由緒ある広漠たる恐ろしいものが、すさまじいうなり声をあげながら大洋に降りてきた。それは、ユリシーズ、さまよえるオランダ人、武装帆船《カラック》、天体観測器、私掠船《しりゃくせん》、中甲板の檻に閉じこめられた家畜どもがおぼえた恐怖感だった。稲妻が火をつけた暗闇の中で、波と風が乱舞した。気圧計が恐慌をきたしたところを見ると、シロッコ〔サハラ砂漠から地中海沿岸に吹く強い熱風〕、アラブの砂嵐、台風といったそれぞれ遠い国で吹き荒れる暴風が手をたずさえて来襲したかのようだった。羽毛のはえた大蛇がしっぽをひとふりすると、海藻と琥珀の竜巻が起こり、波濤は天にあたって砕け、暗闇は塩まみれになった。風はひっきりなしに方向を変え、つぎに鞭をくれる機会を虎視眈々とねらっている。風の輪がめくるめくようにふくらんでゆく。とてつもない破壊力をそなえた渦、城をもなぎ倒す渦、喪に服し泣きくずれる星々のもとにできた透明な隕石の渦。屁の突っぱりにもならない甲虫類の羽音。渦、うなりをあげ、地上にあるものをたたきのめし、水びたしにする渦。海が震動すると、空も鳴動した。聖バルバラと銅のひづめをつけた一万頭の馬が、ロザリオのようにつながった、よるべない島々を踏みつけて疾駆した。

嵐だ、嵐がくるぞ、
すさまじい嵐だ。
小さなわが家を目にすると、

泣けてくるよ。

のちに、プエルトリコの黒人たちは、そう歌うことであろう。川は獣の死体を浮かべて流れている。高潮は都市の街路になだれこむ。住宅は、火にくべた薪のように亀裂が走る。外国産の樹木はつぎつぎに倒れるが、パンヤの樹とシクンシの樹はびくともしない。建設中の高層ビルの鉄筋は、鉢植えの花にそえる針金のように折れ曲がった。まだ停電していないネオン広告塔がぽつりと灯り、〈葉巻タバコ〉という文字が読みとれるが、じきに吹きとばされ、空にアルファベットが散らばるにちがいない。その広告塔に応えるように、嵐に見舞われた広場の反対側には、〈コロンブス〉と書いてあるべつの広告塔が見える。子供用の柩《ひつぎ》が〈煉獄に堕ちた魂〉という名の街を浮遊している。椰子の幹にひっかかった線路の一部が、十字を形どっている。刑務所がわりに使われた船に、監禁されたままのポーランド人の淫売が、けらけらと笑いだす。〈葉　タ　コ〉。ネオンの文字が飛ばされると、まるで斧で切ったかのようにアスファルトがぱくりと割れた。港内に避難した船は、もやい綱が切れたとたん、船首の水切りや竜骨《キール》をぶつけあって喧嘩をおっぱじめる。二本マストの漁船はひしめき合いながら漂流し、もつれたロープにからめとられた漁師の土左衛門をひきずっている。逆に、巨体の胎児と同じ大きさまでちぢんだ溺死体が、波にゆられている。一瞬、水面下からガラスのような目がぬっとあらわれた。恐ろしい蟹の爪にいまにもはさまれそうな気がして、悲鳴をあげたそうにしている口も浮かんでいる。気象現象がかなでる交響楽の中で、船のマストというマストが折れる音が鳴りひびいた。大きな鐘楼に飾ってある聖母像が倒れると、地下爆発がおきたような轟音が聞こえた。冠をいただいた聖母の首は、女王を倒せの声でもかかったかのように、鉛の地金そっくりに床にころがり落ちた。

そのとき広告塔は、〈葉　　〉〈コロ　ブス〉となっていたが、やがて〈葉　　〉〈コロス〉となるにちがいない。無数の樽が渦まく怒濤のような風に押しまくられ、えんえんとつづく波止場をころがってゆく。砂糖工場の塔は、まるで磁器製であるかのように砕け、セメントの破片がとび散った。池の蛙が水柱をさかのぼり、怪物みたいな口に呑みこまれたが、三日もすれば、メキシコ湾流のまっただ中に放りだされることであろう。廃墟のような空。そこには、杭、犂《すき》の柄、羽毛、国旗、さびた鉄の水槽が散りばめられている。葬儀用の馬車が、傷ついた三人の天使にみちびかれ、あてどなくさまよっている。広場では、歯ぬけの〈ロ　　　〉の字だけがのこっていた。風はうつろな真ん中を吹きぬけていったのだ。

　　嵐だ、嵐がくるぞ、
　　すさまじい嵐だ。

暴風雨は通りすぎたが、鳥は血まみれになり、小型漁船は大聖堂の屋根に錨をおろしていた)。

10　暴風雨（c）

いちばん激しいハリケーンは峠を越え、家はもちこたえたかに見えたとき、中国製のパズルのようにあっけなく倒壊し、椰子の葉や大王椰子の幹がとび散った。

「ああ、なんてことだい。ああ、なんてことだよ」サロメーは、びゅうびゅう吹きすさぶ嵐の中でそうわめいた。

風は、強い勢力をたもったまま、狂ったようにうなり声をあげた。まるで目のつんだ、ずしりと重いものが、西側に存在するものすべてを押さえつけているかのようだった。樹木も、草も、柱も、すべて同じ方向に傾いていった。避雷針は西に落ち、瓦は西に飛ばされ、家畜は断末魔の苦しみにあえぎながら西にころがっていった。サン・ルシオ工場のうすい鉄板屋根は西にめくれ、牛乳屋のブリキ缶は西に吹きよせられ、電信柱は西になぎ倒され、アメリカ製のハムをつんだ冷蔵貨車は西に脱線したあと、線路わきの溝にはまった。暗闇は、海水で練りあげられていた。大西洋の波は、しぶきとなって吹きさらしの広大な陸地に降りそそいだあと、オンセ・ミル・ヴィルヘネス〔原語は Once Mil Vírgenes。「一万一千人の処女」の意。中世ヨーロッパの伝説によれば、聖ウルスラは処女を守りぬいて殉教したが、やがて一万一千人（おそらく十一人に尾鰭がついたものであろう）の処女が聖ウルスラに倣ったという。その故事にちなんで、コロンブスは、カリブ海のプエルトリコ東方で発見した島々をヴァージン諸島（現英領ヴァージン諸島）と名づけた。その紋章に一万一千人の処女を表わす十一基の燭台が描かれている。一方、ポルトガルの探検家ジョアン・アルヴァレス・ファグンデスは、一五二〇年、現カナダの大西洋岸のセント・ローレンス湾の外にあるサンピエール島とミクロン島（現仏領）を「一万一千人の処女諸島」と命名した。作者の頭には、ヴァージン諸島があったものと思われるが、ハリケーンが西向きに吹いていたことを考えると、サンピエール島とミクロン島をさすことになる。ルーベンスの絵画『聖ウルスラと十一人の処女』を参照〕まで達して雨となって降りそそいだ。執拗になぶられた草木からも、奔流となった小川からも、裂け目や鋭くとがった刃先からも、亀裂や折れまがった針金からも、いっせいに愚痴を洩らす声――それは痛めつけられたものの声だった――があがった。そうした不平の声があまねく広がったので、鞭のようにうなっていた風の音はやわらいだ。

「ああ、なんてことだい。ああ、なんてことだよ」

ウセビオは小屋の瓦礫《がれき》のあいだを四つん這いになって動きまわった。メネヒルドとアンドレシートの脚を抱きかかえると、パンヤの樹の下にほった洞穴《ほらあな》をめざして駆けだした。四回、風にあおられて倒れた。それからまた四回、同じ目にあい、やっと洞穴にころがりこんだ。中は、塩気をふくんだ雨が降りこんだために、ぬかるみになっていた。ほどなく、サロメーがルペルトを抱きかかえてやってきた。赤ん坊は、必死で母親の耳にすがりついている。バルバリータはアンバリーナを両腕にかかえてあらわれた。つづいて、ルイ爺さんがティティをつれてきた。爺さんは、足をふみだすたびに、風にさらわれそうになったイエズスの聖心の絵までひきずってきていた。大人も子供も、砂嵐に襲われた駱駝《らくだ》のように、口を地面につけてうずくまり、入り乱れたまま、力つきるまでがんばるつもりでいた。頭の中は真っ白になったけれど、命がけでわが身を守ろうとする本能がはたらいたのだ。パンヤの樹の幹はずんぐりしているぶんだけ、頼り甲斐があった。それに、百年もの歳月をかさねた古い根が、洞穴のまわりのゆるんだ土をしっかりささえている。暗闇は風の雄たけびにつつまれており、誰もがものひとつ言えなかった。おかげで、すべてに見放されたような、うらさびしい気持ちにつつまれた。子供たちはすすり泣いている。すでに逃げこんでいた飼い犬のパロモは、ルイ爺さんのやせ細った脚のあいだに首を突っこんでいた。犬の体のふるえが人間にも伝染した。

　待避時間はえんえんとつづいた。夜明けが近づく頃に、風が弱まりはじめた。ずっと勢いよく吹いていた風が、突然、鞭のようにひゅるひゅると鳴り、しばらくおだやかになったのである。サロメーとルイは、なまあたたかな泥に腹までうまり、しっかり子供の体を押さえていた。木の葉、もがれた枝、大王椰子の種がひっきりなしに頭上に落ちてきた。ずぶ濡れになり、体を震わせた人間たちは、植物の残がいが腐りはじめるまでつきあうはめになるのではないかと思った。メネヒルドの体は打ち身とひっかき傷だらけだった。ウセビオの手からは血が流れている。

　ずいぶん前から、ウセビオの頭にこびりついてはなれない映像がある。農園にある新築の白亜の邸がそれで、あそこなら、頑丈な石づみの塀がめぐらしてあり、嵐にもびくともしなかったにちがいない。洞穴からは半レグア〔一レグアは約五・五キロ〕たらずの距離しかなかった。あそこに逃げこんだら、風にあおられて降りそそぐ雨や棒きれ、平手打ちを食らったような痛さに悩まされることもないはずだ。けれども、こっちは九人もいるからな。問題は、この恐ろしい闇の中をどうやってあそこまでたどりつくかだ。うまくいっても、あの邸の屋根がぶじにのこっているとはかぎらん。ふたたび風が弱まったようだ。ウセビオは急に心を決めた。洞穴から飛びだすと、体をふたつに折るようにして農園をめざして駆けだした。

「ウセビオ」とサロメーが怒鳴った。「ウセビオったら……」

そのとき、鞭をふりおろしたように乾いた烈風が吹きつけ、サロメーはたまらず頭をさげた。

11　暴風雨（d）

ウセビオは、なんとしてでも、たどり着くんだという思いを胸に、野原を横切った。吹きとばされた柵の残骸を跳びこえた。くるぶしは、有刺鉄線にひっかかったために傷だらけになっていた。途中、なぎ倒された樹木がゆく手をはばんでいた。ウセビオはぬかるみにはまったり、ときには長い坂をころがったりした。それでも、頭をさげ、風にむかってジグザグ状に突きすすんだ。シャツの袖はほころび、海の季節風にあおられたリボンのように、かぎ裂きが背後ではためいている。すでに息は切れ、体は泥だらけになり、のどはからからに乾いていた。歯を食いしばり力をふりしぼった。ようやく遠くに邸の白い塀らしきものが見えてきた。もうひとふんばりだと見て足を速めた。

邸のなごりをとどめていたのは、三つの崩れた壁と、無数のわれた瓦におおわれ、墓場に埋もれたようになったベッドと洋服ダンスだけだった。邸が倒壊したとき、石に押しつぶされた仔牛が、煮えたぎったような暗紫色のはらわたをさらけだし、まだ手足をぴくぴく動かしていた。ちぇっ、人っ子ひとりいやしないじゃないか。邸が情け容赦ない天にむかってまだすっくとそそり立っていた頃、住んでいた連中は、瓦礫の下敷きになって死ぬのが怖くなり、きっとどこかにずらかりやがったちがいない。

ウセビオは茫然としながら歩いた。抱いていた望みはあとかたもなく消え、いまではかわいそうなほど気落ちしていた。網膜の奥には、忌まわしいヒメコンドルの群れが十字形の影を落としている。二本のろうそくが灯り、おのれの柩《ひつぎ》の上に帽子がのせてある光景が浮かんだ。肩にかつがれた柩は、ニャニーゴの儀礼にのっとりかすかにゆれるだろうが、そうなりゃおしまいさ。きっと、かすかにゆれるだろうな、いや、そうでもなかろう。きっと、かすかにゆれるだろうな、いや、そうでもなかろう。

肩にかつがれた柩は、かすかにゆれるだろう、
肩にかつがれた柩は、かすかにゆれるだろう、
きっと、そうだ、
いや、そうでもなかろう、
肩にかつがれた柩は、かすかにゆれるだろうが、
そうなりゃおしまいさ。
お

さいまし。

熱が出たせいで、ウセビオの頭と耳に、不条理なリズムが錨をおろしてしまった。ニャーニゴの葬儀では、亡霊のようなルンバの踊り手の一団が柩をかすかにゆらすのだけれど、そうした輩《やから》が今、ウセビオというがっしりとした存在の奥底からむっくりと立ちあがったのだ。肩にかつがれた柩は、かすかにゆれるだろう。肩にかつがれた柩は、かすかにゆれるだろう。肩にかつがれた柩は、かすかにゆれるだろうが、そうなりゃおしまいさ。自信はなかったが、ウセビオはとび越えたり、走ったり、四つん這いになったりしながら、何としてでも小屋に帰ろうと思った。ぶじにたどり着けそうな気はしなかった。彼をみちびいてくれるはずの樹木、柵、小径といった目印になるものが目にあまるような被害をうけていたので、暗闇の中で見つけられるわけがなかった。めまぐるしく移り変わる嵐のヴェール越しに、彼に極刑をもたらしかねない暁が実感をともなって迫ってきた。ウセビオは精根つきはて、うつぶせに倒れた。これで、お陀仏かな。お・陀・仏・か・な……。家の庭先はまだ遠い。テイティ、バルバリータは、メネヒルドは、アンバリーナは、ルペルトは、アンドレシートは、サロメーは、それに爺さんは大丈夫だろうか……。水びたしになった洞穴のことを思い出すと、ふたたび起ちあがった。すると、家族のことはそんなに脳裏に浮かばなかった。それよりも、屠殺された牛の首筋のように血まみれの筋が走り、赤い条線が走り、雷に切りきざまれ、疲弊しきったこの土地に、ひとりぼっちでとりのこされたのかどうか分からないまま、絶望に陥っていることの方が気がかりだった。そのとき、驚くべきことが起こった。目をあげると、突然、石づくりの建物の前に立っていたのである。倉庫のように長いその建物は、窓に釘がうちつけてあり、暴風の被害にはあっていないようだった。じつは、そこからほど近いところに、たびかさなる嵐の襲来にもびくともしなかった砂糖工場の廃屋がのこっていたが、それに付属する奴隷小屋だったのだ。そこには、前回の収穫が終わったあと、そのまま農園に居ついた数人のハイチ人が住んでいた。ウセビオは建物にそって歩いた。ちょうど風裏にあたる側面に、鍵のかかったドアがあった。棒ぎれをつかむと、狂ったように固い木のドアを叩いた。休みなく叩くうちに、ようやく内部から物音らしきものが聞こえた。ドアがわずかにひらき、すきまから黒い顔がのぞいた。そのとたん、ドアを閉めようとした。けれども、ウセビオはとっさに薄い板に全体重をかけてこじ開けた。はずみで中にとびこみ、うつぶせに倒れた。顔をあげると、短い山刀をふりかざした黒人に取りかこまれていた。その中に、奇妙ないでたちの男が混じっている。女ものの白いワンピースの上に、青の長いフロックコートを着こんでいた。大きなスモークグレーのめがねをかけているので、顔がゆがんで見えた。額には、筒のかたちをした青いベルベットの縁なし帽をのせていた。

ウセビオは起ちあがった。肩にかつがれた柩は、きっと、かすかにゆれるだろうな。いや、そうでもなかろう……。小屋の奥には、ろうそくの火が明々とともった祭壇のようなものがあり、口の中で三本の金歯がかがやいている頭蓋骨がのせてあった。その頭蓋骨をとりまくように、いくつもの牛の角と鳥のけづめがおかれていた。さびついた鍵でつくった首飾り、大腿骨、数個の小さな骨もあった。それに、臼歯をつないだロザリオ、黒木製のそれぞれ二本ずつの腕と手も見えた。そうしたものの中央には、釘の下がった髪の毛とともに小さな像が安置され、その像は金属製の長い杖をついていた。さらに、太鼓と酒瓶も目に入った。おまけに、災いをもたらす邪眼でウセビオをにらみつけているハイチ人の一団がいたのである。片隅には、紙の花冠をつけたパウラ・マチョの姿を認めた。その顔はのっぺりしており、まるで皮膚が麻痺しているかのようだった。

「あそこにいるのはホトケさんじゃないのか。ホトケさんだな。墓を掘りおこした犯人はきさまらだったのか」とウセビオは怒鳴った。

恐怖という名のひき潮にさらわれ、この世界の開闢《かいびゃく》に由来する恐慌にとらわれたウセビオは、もはや嵐のことなど眼中にはなく、奴隷小屋を逃げだした。ホトケさんだ。やつらは墓場からホトケさんを掘りだしたんだ。しかも、バチあたりの魔女、パウラ・マチョめは、アデーラ農園のハイチ人とつるんで、ミサをやっておった。

まだ、ウセビオは走りつづけている。そのとき、水槽の中に射す光をおもわせる淡い緑の光が、荒廃した平原にあふれるように射しこんだ。その頃、サロメー、子供たち、ルイ爺さんは、まだ洞穴の底にうずくまっていた。彼らは、張りつめていた神経の糸が切れて泣いていた。けれども、ほんとうは誰の涙が頬をつたって流れているのか、分からなくてなっていた。すでに風はおさまっていた。小屋跡にのこっていたのは、水飼い場にあるパンヤの樹で作った三本柱、ひっくり返ったスツール、コーヒー漉《こ》し器だけだった。

小屋のそばにあったバラの木は、奇蹟的に難をのがれ、すっくと立っていた。花が一輪だけ、ほとんど葉も落とさずに、のこっている。その花の上で光っている雨のしずくに、小さな虹がかかっていた。

II　思春期

12　精霊

　メネヒルドは十七歳になると、がっしりとした、みごとな体格の若者に育っていた。筋肉は、りっぱな人間らしい資質をそなえた体の一部として、課せられた仕事をこなした。彼は、カラバール〔現在のナイジェリア南東部のビアフラ湾近くの都市〕出身の奴隷の血をひいているので、髪がちぢれて密生しており、櫛をとおすのは容易ではなかった。小さな巻き毛が、ひたい中央のはえぎわまで迫っていたのだ。鼻は、飼っている牛〈宝石〉に似て平べったいかたちをし、真っ白な歯は、すみれ色をした肉厚な唇のあいだからのぞき、若者の心が汚れないことをもの語っていた。白目がちな目は、ひとの喜び、悲しみ、驚き、無関心、心の痛みしかあらわさなかった。まゆ毛が長かったので、集落の少年たちから驢馬のまゆというあだ名をつけられ、すぐかっとなる性格を見透かされ、笑いものにされた。もともとユーモアを解せず、怒りっぽいたちだったのである。ひろい胸は、いつも赤紫色の縞のシャツにおおわれていた。

洗濯桶から出されたときは真っ白だったズボンが、外で遊ぶとたちまち赤土まみれになった。帽子は、家族がくらす小屋の屋根とおなじ椰子の葉でできていた。メネヒルドは夜明けに、ウセビオとティティといっしょに起床し、牛に頸木をつけた。そして梟《ふくろう》がめざめる夜がくると、袋をならべただけのベッドにもぐりこんだ。

サロメーは、メネヒルドが生きていくために必要な宗教の手ほどきをしてやった。数カ月前に、息子を家の祭壇前にすわらせ、初めて〈偉大なるもの〉の神秘について話してきかせたが、彼にはその教えはややこしすぎて、とてもついていけなかった。メネヒルドは黙って聞いていただけで、それっきり話題にすることはなかった。そうした宗教のことは、みだりに口にするものではないとわきまえていたのだ。けれども、サロメーが洩らしてくれた神話について、しばしば思いをめぐらせた。そんなとき、大きな調和をたもつ秘儀的な力にくらべると、自分がひ弱で小さな存在でしかないことを思い知らされ、びっくりした。この世で目に見えるものというのは、どうでもいいものばかりだった。被造物は、無数の見えすいた外見にまどわされて生きているが、超越した存在は、哀れみぶかい目をむけておられるのだ。ああ、イエマヤー〔もとは西アフリカのニジェール川の洪水の女神。黒人が奴隷としてアメリカ大陸に連れてこられるとともに、海の女神（何人もの漁師を海難から救ったという伝説がある）と奴隷の女神となる。ヴードゥー教のもっとも重要な神のひとり。カトリック教の聖母マリア、レグラの聖母、ドローレスの聖母と同一視される。またキューバの守護神、コブレの聖母〕、シャンゴー〔戦いと嵐と稲妻と雷鳴を司る神。また太鼓と踊りを統べる神でもある。カトリック教の聖バルバラに相当する〕、オバタラー〔静かな父なる神。生きとし生けるものの創造主。苦難にある信者ひとりのために対処してくれる。カトリック教の神、キリスト、聖霊と見なされる〕、どこまでも間然するところがない聖霊たちよ……。けれども、人間のあいだには秘密のつながりがあり、隠された手段を知っていれば、動かせる力があるのだ。サロメーの乏しい知識は、ベルアー爺さんの造詣の深さとくらべると、なきにひとしかった。爺さんがいちばん気にしていたのは、誰にもはっきりと見える空間だった。たとえば、二軒の家、男女のカップル、牝山羊と少女がいるとしよう。それぞれのあいだに横たわる空間には、目には見えない、きわめてゆたかな、生き生きとした力が満ちているのである。だから、何か目的をなしとげようと思ったら、実行に移さなければならない。トウモロコシの実をついばむ黒い牡鶏は、月夜に切り落とされた自分の首が、胃袋からとりだされた一定数のトウモロコシの上におかれると、世界のさまざまな現実をつくり直せることを知らない。木彫りの人形は、メネヒルドという洗礼名をさずけられると、おのれに生き写しの人間を思いのままにあやつることができる。もし、ひとかどの人物の脇腹に錆びたナイフを突き刺す敵がいたら、その人物は体に深手を負うことになるはずだ。女の小屋から数レグアはなれたところで――あいだに海でもないかぎり、距離は気にしなくていいが――女の四本の毛がしかるべく結ばれれば、まちがいなく女をベッドに縛りつけておくことができるので、浮気をされる気づかいはない。嫉妬ぶかい女だったら、おのれが恥部を洗った水をうまく使えば、恋人に裏切られることはない。白人は、暗号文、交響楽の楽章、英語講座を大気中に流している。同様に、黒人は、何世紀にもわたって親から子へ、国王から王子へ、先覚者から祈禱師へ、大いなる知識の伝統をうけつがせる術《すべ》を心得ている。おかげで、空気がつぎめのない糸でつくられた織物であり、儀式で呼びおこされるさまざまな力を伝えることを知っているのである。その力の役わりというのは、けっきょく高度な神秘を凝縮し、何かのために役立てたり、刃向かわせたりすることにほかならない。ここで、ある物体に生命をふきこむことができるとしよう。もしそれが議論の余地がない事実としてうけいれられたら、その物体は生きることになるだろう。金の鎖がちぢんだら、危険が迫っていることをあらわすはずだ。文字に印刷された祈禱文を身につけていれば、毒をもった動物に咬まれることはない。旅の途中で鳥の足を見つけて立ちどまった男は、その足とかかわりをもつことになる。百人のうちひとりだけが、それがあらわす意味に気がついたからだ。小麦粉の入った皿をひと吹きすると、模様ができるけれど、それは、ひとに知られていない決定論によって、われわれがかかえる疑問に答えてくれる。こうしたことは、コインの裏か表の法則と同様、あらかじめ決まっていてどうにもならないものである。聖者があの世から舞い戻られて、法悦状態にある者の口をとおして語られるとき、世俗的な重みをもったもの、分別くさい考え、もっともらしい道徳をあらわす言葉はすべてとり除かれている。聖者が言いたいことをきちんと伝えてはくれないからだ。じっさいには、聖者はひと言もお話にならないかもしれない。けれども、聖者がそばにいることを信じて疑わないせいで、ひどい興奮状態におちいった者が、原始時代以来、失われていた、魔術的な創造力をそなえた言葉をさずけることになる。言葉というものはそれ自体、儀式的なものだが、そこには、すでに五官では感じとられているものの、まだ理性ではうけいれられない近い未来が映しだされているのである。クエー家のかかりつけ医ベルアーならば、まちがいなく、人間にとってかけがえのない、もっともとらえがたい兆しを呼びおこす方法をこころえている。ベルアーは、確信したことを実行する力、ひとの思いをべつのひとに移す能力、タブーのもつゆたかな魔力、ちぐはぐなリズムを神経中枢に作用させる力をそなえ、ものごとをよくよく考えた。ベルアーが力を及ぼすと、太鼓が言葉をしゃべりだし、聖者がはせつけ、予言がほんもののお金に変わった。ベルアーは樹木が話す言葉がわかり、ハーブの薬効を知っていた。恋わずらいの男のために、女の心をなびかせるときは、魔術の占い《エンボー》を使えば、望むとおりの結果がえられることを知っていた。家の戸口においてある物のとりあわせによって、魔術がかけられていることをひそかに悟った女は、自分より強靭なものに逆らってもむだだと思ってあきらめた。ふつうに教えられる世界観とはちがう世界観に立てば、そうした不思議なできごとも不思議ではなくなるし、実証的なできごとの枠内におさまるのである。

むろん、メネヒルドも、サロメーも、ベルアーも、神々のことを熱心に調べる仕事にとりかかりはじめたわけではなかった。けれども、父祖伝来の考え方によって、どんなできごとも、たぶんに魔術的な性格をおびているものだという世界観をもっていた。そのため、メネヒルドたちはすぐれた思考法や、なにごとにも敵対的な態度をとらないという、その要点を見抜いて使おうとする力を信じて疑わなかったのである。魔術の祭礼に出ると、まるで密儀宗教であるオルペウス教の信者になったかのような気持ちがするが、彼らはそこに至福千年説——それは月に吠える犬とおなじくらい古い歴史があるけれど——をふたたび見出した。その説のおかげで、まだ最後の地殻変動がおさまっていない大地に素っ裸で立ちすくんでいた人間は、すべての獰猛な被造物から身をまもる本能をそなえていることを発見することができたのだ。ひとが物の存在を信じているとすれば、メネヒルドたちはそれを認めるだけの高い知識をそなえていた。しかし、魔術をおこなっても、のぞましい結果がえられない場合は、非は信者のほうにあることになるのだ。よく調べてみると、かならず信者が身ぶりや象徴的なもの、あるいは大事な行動を忘れていることがわかる。

メネヒルドは、たとえ、ハンカチにつつんだ手もちの金が数センタボ〔キューバのお金の単位。センタボは一ペソの十分の一〕しかないときでも、毎週、砂糖工場から小さなパンを買ってくることを忘れなかった。そのパンは、小屋の戸の外側にリボンでくくっておき、聖霊がやわらかい部分を吸いとれるようにしておいた。

七日ごとに、畑に夜の帳《とばり》が降りる頃、聖霊はパンの中で受肉し、メネヒルド・クエーのささやかな供えものをうけ入れた。

13　風景（c）

メネヒルドが夜に出かけることは、めったになかった。町には、ほとんど知りあいがいなかった上に、ゆくとなれば、亡霊《コサス・マラス》が出没する小径を通らなければならず、それがいやだったのである。けれども、その年の大晦日の夕ぐれになると、《にぎやかな祭り《レブンビオ》が見たくなった》ので、工場をめざして歩きはじめた。

しだいに青から茜色に変わってゆく空に、ふっくらした感じの雲が、いまにも消えいりそうな夕陽をあびてオレンジ色に染まりながら、まだ浮かんでいる。静まりかえった風景の中で、椰子の樹はすくすく成長し、錫《すず》のうろこをつけたような幹は、奥深い谷に呑みこまれてゆくようだった。二本しかないパンヤの樹は、長い腕をおもわせる枝を水平に伸ばし、その先に緑の葉を繁らせている。やがて、葉叢《はむら》どうしの見わけがつかなくなり、大きな薄衣につつまれているように見えた。小川の川床から、警笛に似たうらさびしい孔雀の鳴き声がひびいた。熱帯の太陽が十四時間にわたるきらめくようなオルガスムスにひたっていたせいで精根つきはて、うっすらと靄《もや》のかかったベッドにつき、意識を失おうとしていた。銀紙を切りぬいたような無邪気な星々が、ぽつりぽつりと姿をあらわしはじめている。一方、判で押したように代わりばえのしない呼吸をつづける工場は、鋼鉄製の鼓動を平原にひびかせていた。メネヒルドは工場につづく道をたどった。数台の荷車が高い車輪の音をきしませ、横ゆれしながら追い越していった。ひとが歩く速度より遅い、べつの数台の荷車とすれちがった。農夫の家族は近くの農園にむかっていた。よそゆきの恰好をした彼らは、刺繍入りの派手なシャツを着ており、食べかすを歯にくっつけたままだった。椅子やベンチには、浅黒い肌の、ぽっちゃりした娘たちが、ケーキのように色とりどりの服をつけて座っていた。黒くて愛らしい顔に、精一杯おしろいをぬり、とこしえに戸惑ったような目を見ひらいていた。動いている荷車の上から、おしげもなく、パナマ帽、油をぬった髪、ふぞろいの歯を見せながら、にぎにぎしくこう挨拶した。

「やあ、こんにちは」

「こんにちは。町にゆくのかい。新年はあっちでむかえるんだね」

当たりさわりのない挨拶をかわしたあと、メネヒルドは、危篤状態にある爺さんから耳にタコができるほどきかされた冗談を飛ばした。そして、またひとりぼっちになった。いまのおのれの心理状態がつかめなかったので、うらさびしい気持ちになった。両親と兄弟たちと暮らしている小屋でもよくあることだが、その日も、自分よりすぐれているとは思えない連中が幸せをつかんでいることをぼんやり考えた。ウセビオと仲のいいバンドマンたちは、胸がわくわくするような愉しい人生を謳歌しているという空気をただよわせながら、とびきりきれいな黒人娘を相手にはめをはずして遊んだことを自慢たらしく話した。そうした中で、メネヒルドは、近くの都市に住んでいる従兄のアントニオのことを、物語の主人公のように想像していた。話では、アントニオは腕ききの靴みがきであるだけではなく、一流の野球選手でもあり、有名なセクステットのマリンブラ奏者でもあった。きっと、アントニオっていうのは、何をやらせてもうまいカッコいい男《サラーオ》にちがいない。しきりに従兄にあこがれていたが、そうした気持ちをべつにすれば、サン・ルシオ工場をとりかこむ丘陵を越えたところにある都市まで、思いきって出かけていった連中のことばかり頭をよぎった。やっかんでいるわけではなかったし、自分がはるばる出かけていって《べつに探したいものがあるわけでもなかった》。それに、馬に鞍をつける気になりさえすれば、いつでもあっちの世界を知ることができると見ていた。そのとき、どういう風の吹きまわしか見当もつかなかったが、毎年、サトウキビの収穫期がはじまる頃に、どっと町に押しよせ、やがて汽車の乗降口に吸いこまれるようにして姿を消す、けばいネクタイをしめた連中のことが頭に浮かんだ。口の中で噛みタバコをくちゃくちゃさせているアメリカ人については、それ以上に、ただただあきれ返るばかりだった。メネヒルドにすれば、神さえわからないような言葉をしゃべるのをきいていると、壁よりも劣る非人間的なやつらと思えてならなかった。おまけに、やつらが黒人を蔑んでいることは一目瞭然だった。いったい、黒人のどこが気に入らないんだろう。黒人だって、ほかの人種とおなじ人間じゃないか。まさか、黒人はアメリカ人ほど値うちがないっていうんじゃないだろうな。少なくとも、黒人はひとをだましたりしないし、農夫の土地を盗んでまわったり、二束三文で売りとばすようにせまったりしないものだ。アメリカ人かい。あいつら、くたばりやいい《サラマムビチエ》のさ。メネヒルドは、北の連中を前にすると、彼らは絶対に知らない、曰《いわ》く言いがたい魔術的な理屈と、こまごまとした複雑なことに満ちた、原始的ともいえるおのれの暮らしが、心から誇らしく思えてきた。

メネヒルドは田舎そだちのせいで、派手な暮らしをしている同じ年頃の村の若者とはつきあいがなかった。連中は、カヌートという居酒屋にたむろし、ラム酒をひっかけたり、ドミノ遊びをしたりしていた。そして、ほお紅をさして、イヤリングをつけ、肌色のストッキングをはいて、めかしこんだ、目もくらむような可愛い黒人娘をくどいたりしている。ふつうの若者だったら、猟が禁じられている動物か、高嶺の花の獲物でも見るように、そうした娘を遠くから指をくわえてながめているものだ。ところが、メネヒルドときたら、まだ一度もジャケットというものに腕を通したことさえなかった。よそゆきの服といえば、《寒くなったら着てみるんだな》と言って親戚の者がくれた、裏張りのぬい目がほどけた、丈の長いコートが一着あるきりだった。父親の気のおけない仲間をべつにすれば、メネヒルドがダンスの才能に恵まれていることを知る者はひとりもいなかった。町の黒人協会主催のダンスパーティーがひらかれたとき、彼は外からのぞいただけで踊ることはなかったのである。

いっぱしの大人になったつもりのメネヒルドは、彼女が欲しくてならなかった。そうした率直な欲望は、次のような好奇心と無関係ではなかったけれど、そこにはいちまつの感傷が混じっていたことも確かである。好奇心とは、つまり、村の家々の前に腰かけて夕涼みしている娘たちの誰かとデートをすることを夢見ていたということにほかならない。もしそれが実現したら、口もきけなかったはずだが、それでも、あどけなさの残った大きなまなこで、食い入るように娘を見つめたにちがいない。そのあと、田舎の習慣では男がリードすることになっているので、《キスしていいかい》と聞いただろう。けれども、それは雲をつかむような話であった。サロメーの使いで伝言を書いた紙切れをとどけにゆき、近所の年増女と話すことはあっても、おのれが若い娘に話しかけられるだけの勇気があると思ったことはなかったのだ。そんなわけで、メネヒルドが初めて考えた理想の恋というのは、おのれが知っているソンの歌に見られるような、情熱的でロマンティックな恋のかたちをとった。彼の恋にたいする考えは他愛ないものだが、反面、みだらなところもあった。恋とはまず、椰子の樹や燃えるような朱《あけ》に染まった鳳凰木の下で、抱きあうものだった。そのあと、女の胸をはだけ、ためらいながら恥部をあらわにすることがくるのだ。けれども、女はつれないもので、ほかに男ができたら、歯がみするのは男のほうだった。それでも、女をものにしたいという欲求は満たされたことになる。そうしたにがい思いを体験した者でないと、男とは言えないのだ。つまり、あの黒人アントニオのように、カッコいい男にはなれないのである。

メネヒルドは童貞ではなかったが、うぶなところがあった。収穫期になると、外国から娼婦がやってきて、掘ったて小屋に住みつき、工場の機械のピストン運動にあわせて愛撫してくれるけれど、彼は一度もその小屋に行ったことがなかった。それに、パウラ・マチョがアデーラ農園に出かせぎにきているハイチ人とグルになって死体をいじくり廻している、という父親の話をきいて以来、〈バチ当たり女〉の世話になることもなかった。そんなわけで、そのときまで、火口《ほくち》のような長いあごひげをはやしたメネヒルドは、涙もろい、信じやすそうな目をした、斑点のある、おだやかな気性の牝山羊を相手に欲望を満たしただけだった。

14　祭り（a）

町はお祭り気分につつまれていた。工場はいつものように鳴動していたが、周辺は、ふだんは見られない人出でごった返していた。通りは、紺色のジャケットをひけらかすように着たジャマイカ人でいっぱいだった。夫人はというと、すそのひろがった白いスカートをはき、ほほえむと一度ならず、金歯が陽射しのようにかがやいた。〈ああ、そうだ《ヤー》〉〈あちちのほうですよ《オヴァゼアー》〉といった英語は、ハイチなまりのフランス語《パトゥア》と鉢あわせすることになった。腹の上でシャツのすそを結んだハイチ人は、酒瓶をかかえてバラック小屋やキャンプ地にもどるところだった。そのうちの数人は、まるでヴードゥー教の神々を呼びだすかのように、バンサ〔ハイチの打楽器〕、チャチャー〔おもちゃのガラガラに似た楽器〕、彎曲《わんきょく》した太鼓を手にしていた。ポーランド人のカミーンは、店先の香水壜とストッキングのあいだに立ち、仕事がえりにおしゃれをしたいと願う、奇特なお客がくるのを心待ちにしていた。ネクタイのコレクションと、青くぬられた脚型にかざってある紳士物の靴下どめは、裸電球のあかりをまともにあびている。こうした商品は、町民のあいだでもてはやされ、売れゆきが伸びていた。ニュー・ワルシャワ屋のひとつしかないショーウィンドーには、黄色の絹のスカーフやコティの香水壜が展示されていた。そのせいで、ジャマイカ人の夫の面目がまるつぶれになる場合も少なくなかった。

メネヒルドはにぎやかな通りをいくつか横断した。風俗習慣や言葉のちがう黒人のひと波にもまれていると、よそ者になったような気がした。ジャマイカ人は〈気どり屋〉でがさつな連中だった。ハイチ人はがさつな上に野蛮なやつらだった。ハイチからやってくる出かせぎどもが、信じられないくらい安い日当をうけいれるようになって以来、トランキリーノ・モヤの子孫は仕事にあぶれるはめになったんだ。おかげで、巨大な工場とは目と鼻の先で、こどもが肺結核で死んでゆくというのっぴきならぬありさまだ。それもひとりふたりじゃない。政治家は演壇にあがると、しきりに独立戦争の成果をうんぬんするけれど、あんな戦争のどこが役だったというんだ。くそったれどもに、ずっと働き口をかすめとられているんだからな。雲斎《うんさい》織りの白い服を着たキューバ人農夫が、やせている癇の強そうな仔馬にまたがり、ひとごみをかきわけてやってくる姿が遠くに見えると、自然にメネヒルドの顔がほころんだ。あいつなら、少なくとも、キリスト教徒らしい口をきいてくれるにちがいない。

公園からさほど遠くない小さな広場の奥には、長老派教会が入った質素な木造の建物がある。その正面で、耳慣れない音がひびいた。あたりには黒山のひとだかりができており、これ見よがしに救世軍〔十九世紀半ばに英国で創立された、伝道と社会福祉事業を目的とするキリスト教メソジスト派の宗教団体〕の軍帽をかぶった、ふたりの大柄な黒人の伴奏で、讃美歌をうたうジャマイカ人の女を見物していた。

みなさんに救いの手を伸ばさせてください、
イエスさまが罪ぶかい女をお救いになったように。
みなさんもごいっしょに罪を悔いる人びとを
讃える歌をうたいましょう……

アングロサクソン系の都市では、毎週日曜日に、霧のたちこめた、いちばん汚い街で、似たような光景がくりひろげられるけれど、これはその番外編のようなものである。シスターは、その場に集まった人びとに教会に入るようにうながしている。中に入れば、すぐにも幸せになれるような態度を見せているが、それは、売春宿の入口でで、せいぜいサービスしますよと言って客ひきする娼婦を思わせた。シスターのとなえる連禱は、しだいに腹にすえかねたというか、有無をいわせぬ、脅し文句めいたものに変わっていった。慈悲ぶかい主キリストも、お怒りになることがあります。主が祝福された列車に乗りそこなったひとは、楽園にたどり着けない危険性があるのです。近所の家の飼い犬は狂ったようにほえ、ひょうきんな野次馬は口笛をならした。教会の裏手では、ちょうど出産のときをむかえた牝牛が、ぞっとするようなうめき声をあげた。歌い手たちは平然とひざまづいた。たぶん、工場の高い煙突からでる朱色のけむりのかなたに、全能の神の姿と幸せの福音列車《ゴスペルトレイン》を見つけたのかもしれない。紙やすりのようにざらざらした喉から、ふたたび讃美歌が炸裂した。そのとき誰かが半分かじってぷっと吐き出した仔豚のあご肉の脂身が、黒人霊歌のトリオが鳴らす太鼓に命中し、ぐしゃりと音がした。

突然、うねりのような人の波は、近くのせまい通りに押しよせた。さまざまな奇っ怪な見世物が描かれた、多彩色の、大判のポスターがずらりと並んだ下で、サーカスの電気オルガンから『詩人と農夫』〔十九世紀オーストリアの作曲家フランツ・フォン・ズッペのオペレッタ〕の序曲が流れはじめたのである。

「さあ、さあ、入った、入った。ろうそくの火を食べるインディオに、世界一の剛力無双の女、それに骸骨男は見ものだよ。いよいよこの町での公開も、本日で見納めというしだいであります」

こうした期限のある演《だ》しものには初手からかなわず、主の列車は、汗にまみれた四人のジャマイカ人女だけを乗せて見切り発車せざるをえない状況に追いこまれた。

15　祭り（b）

聖シルヴェストレの祝祭日〔十二月三十一日〕がくると、工場経営者の邸に、砂糖関係の仕事にたずさわる地域のお歴々がこぞって集まった。コロニアル様式の邸は、空色にぬられた杉の円柱がならぶ、ひろびろとしたポーチをそなえており、百個の提灯《ちょうちん》のあかりに浮かびあがっている。籐の家具類をおしげもなくならべた大広間では、レコードから流れるジャック・ヒルトン〔一八九二―一九六五。一九三〇年代の有名なジャズ・ピアニスト、バンド・リーダー。英国のジャズ王とかダンス音楽の大使とか呼ばれた。D・エリントンやL・アームストロングを欧州に紹介した〕の曲に乗って、何組ものカップルがダンスを愉しんでいる。ほっそりした体つき、ひきしまった腰の、若い娘たちが笑いさざめきながら、体操のようなステップでダンスに熱中していた。キューバでは、肉置《ししおき》ゆたかな、太めの女性が美人の理想とされた時代があったけれど、そうしたかつて珍重された体型にめぐまれた母親たちは、車座になって晩餐の時間を心待ちにしていた。まだ黒人奴隷と御者がいた頃に生まれた伝統にしたがって、例年どおり、あちこちの州都から大勢のお客が邸をおとずれ、クリスマスと新年の休暇をすごしていたのである。

アメリカ人経営のホテル――ラジオと何台ものルーレット台をそなえたバンガロー形式だった――では、技師や幹部社員が、近くの州都からひろまったジャズのリズムにあわせて体をくねらせている。バーでは、酒に関する常識が書きかえられていた。バカルディ〔スペインからのキューバ移民ファクンド・バカルディ・マッソが一八六二年に創立した、ご存知のとおりの世界最大のラム酒のブランド〕がたっぷり染みこんだマホガニー材のカウンターは、原生林の匂いをただよわせていた。ウイスキー輸入商社から贈られた、白の大理石もどきの瓶に描かれた愛らしい馬がおだやかな目で、自動式シェーカーがひっきりなしに廻るさまを見おろしている。ブリキ板のポスターの中では、型どおり、カッコいい若者がタバコの箱をとりだし、〈しびれる味だぜ《イッツ・トーステイド》〉ととなえていた。外の蔓棚《つるだな》の下では、麻くずみたいな髪のアメリカ人の若い娘《ガール》たちが、ボーイフレンドにこっそり体をさわらせていた。脛《すね》まで見えるスカートをはいた女の子たちは、ジョニー・ウォーカー入りのハイボールの中に、アングロサクソン的な見せかけだけの恥じらいをとかしこみ、大胆に砂糖凶作の年が明けたことを祝っていたのである。

メネヒルドは、北方の国の女の子たちがピンク色の脚をあらわにしているのを見て目をまるくした。おまけに、バーの天井で、赤い紙でつくった鐘がいくつもゆれている光景を目の当たりにして感嘆することしきりだった。

「まったく、大したやつらだな……」

突然、工場が鳴動した。蒸気をはきだし、熱湯をふきだし、天災を知らせる組み鐘《カリヨン》のように、サイレンがいっせいにひびいた。サトウキビをつんだ貨車をひっぱる機関車が、鐘をうち鳴らし、排気弁をあけ、全体からはきだす蒸気につつまれながら、構内を横切ってゆく。〈ゴキブリ〉がだす汽笛は、祭りに集まった群衆の耳にもとどいたので、蜂の巣をつついたような騒ぎになった。鍋をたたいたり、バケツを転がしたりした。わめいたり、口の中に五本の指をつっこんで笛を鳴らしたり、さまざまな反応を見せた。男の子が、小石をいっぱいつめた空き缶を通りに投げすて逃げていった。アメリカ人経営のホテルからは、プロテスタントの酔いどれたちが合唱する声が流れてきた。そうした騒然とした深夜に、勤務交替の時間がやってきた。つなぎの服を着た黒人は、油をしたたらせながら、工場から飛びだすと、いちもくさんに近くのバルに駆けこみ、口々に、酒だ、酒をくれ、とさけんだ。数人のアメリカ人がはずしたネクタイを手にもち、酒くさい息をはきながらホテルを出ていった。工場のボイラー室あたりで、はでな口喧嘩をする声がした。祭りなので、交替要員が足りなかったのだ。足どめをくらったジャマイカ人は、工場内のプラットフォームで酔っぱらってやるぞ、それでもいいのかと言ってすごんで見せた。

　お祭り騒ぎにあっけにとられ、昼をあざむくような明るさに目がくらんだメネヒルドは、カヌートの店に入った。そこでも、酒を飲んでいる連中がいた。かたわらには、コンペティドーラ・ガディターナ社謹製の紙巻きタバコ、ロミオとジュリエット銘柄の葉巻、さつまいも菓子、ココナツ・ヌガー、香水入り石鹸、糸巻き、蝿がおぼれたシロップなどが、陳列された、ガラスケースがあった。何人もの農夫の歌い手が、店先にベンチがわりにおかれたケブラチョの樹の丸太にすわり、即興でデシマ〔キューバ人農夫の歌〕を口ずさんだ。馬が、植木鉢のかたちをしたカーバイトランプの灯りにさそわれ、ドアから長い顔をぬっとをのぞかせた。あくびが出るほど退屈で、愚痴っぽい讃美歌のひびきにかぶさるかたちで、選りすぐりの名調子が生まれていた。歌の主題は、浜辺にたたずむ黒い肌の愛らしい娘、キューバ風のサパテアード、マレー産の闘鶏、コーヒー畑、縞もようのシャツと多岐にわたっていた。

けれども、すべてが、葉巻の箱に描かれた石版画のように素朴な感じのものばかりである。そうこうするうちに、ユダヤ系ポーランド人の一団が酔客のあいだに入りこみ、時代おくれのネクタイや、架空のヨットクラブの記章つきのバックルを売りさばいていた。

その馬はおれのもんだったんだ、
度胸のある旅人よ。
そいつはリオ州
知事のもんだったんだ。

メネヒルドは、十人の客の頭ごしに炭酸水《ガシオサ》をくれと言った。店内のひと混みをかきわけてすすむと、村で一、二をあらそう美男子のパタ・ガンバーが、メネヒルドのことなど鼻にもひっかけず、清涼飲料をあおる姿が目に入った。すっかり弱気になり、ひとりぼっちのさびしさも手伝って、メネヒルドは工場周辺をあとにし、家路についた。

町はずれまでくると、鉄道員がつかうカンテラのあかりが、ぐんぐん近づいてきた。

「スペーーーイン、ばんざい……」

ここ数年、白人移民がつぎつぎに故郷に錦をかざったあとも、貧しい暮らしのせいで帰れないガリシア地方出身のスペイン人が、七人残留していたけれど、その連中が暗がりから姿をあらわした。その頃、みんなでバグパイプの演奏〔ガリシア人はスコットランド人と同様ケルト民族の血をひく〕と調子っぱずれの歌を聞かせる一大合奏団をつくり、憂さばらしをしていた。メネヒルドが出会ったとき、葡萄酒の空き瓶とオリーヴの実が入った瓶をぶらさげていた。たぶん、工場内の購買部で金券をつかって買ったにちがいないそれらの品は、何週間も汗水たらして働かなければ買えない代物《しろもの》のはずだった。けれども、いまさら明日のことを思いわずらってどうなるのだろうか。けっきょくのところ、工場を経営するアメリカ人だけが、目もあてられないような凶作の年だったが、期待していたよりも少ないとはいえ、きちんと収益をあげていたのだ。それは周知の事実であった。

16　出会い

アーク灯をおもわせる明るい満月が、夜のドームの底辺までひきおろされ、そこにあるコンセントに繋がれているように見えた。樹木のシルエットは、田園に黒い紙の切りぬきを貼りつけたようである。風景は、一面にアブサンのような緑がかった光をあびている。メネヒルドは、いつも通る道をそれ、近道をすることにした。後方では、ダンスと音楽につつまれた、工場のどよめきが鳴りひびいていた。九五年の戦争〔詩人で革命家だったホセ・マルティー指揮のキューバ軍による一八九五年の第二次独立戦争をさす〕のとき、スペイン軍が焼き討ちをかけた古い屋敷にさしかかると、メネヒルドは十字を切った。小径は、蛇にそっくりの蔓草がびっしりはえた石垣に縁どられている。ときどき数メートルにわたり、乳白色の大きなサボテンが、ゆく手をさえぎる壁のようにそそり立っていた。梟《ふくろう》が石つぶてのように空をひき裂いた。《あいつもひとりぼっちなんだな》とメネヒルドはつぶやいた。

思いきってあぜ道に入り、畑の中をたどってゆくと、サトウキビがいつもの新聞紙を握りつぶしたようながさがさという葉ずれの音をたててゆれていた。あぜ道のはてに、三角形の小屋がいくつか見えた。その粗末な住居のそばで、いまにも消えいりそうな焚き火が目くばせよろしくちょろちょろ燃えている。

「きっとハイチ人だな」とメネヒルドは考えた。「そろって酒でもくらってもう寝たにちがいない」それから唾をはき、質《たち》の悪い黒人にたいする軽蔑の念をあらわにした。

さらに歩きつづけた。少しはなれた大岩のあたりで、白いかたちのものが見えた。夜のとばりが落ちて以来、本能的に疑《うたぐ》りぶかくなっていたメネヒルドは、足をとめてじっと目をこらした。どうやら女のシルエットのようだった。さっきのキャンプ地でくらすハイチ人だろうな。メネヒルドは急ぎ足で近づくと、歩きながら、そっけなくこう言った。

「こんばんは」

「こんばんは《ブエナツホ・ノチエ》」と相手も応じたが、思いがけないアクセントを耳にしたので、メネヒルドは体が震えた。

ふたたびその声を聞いたとき、彼は女を背にするかたちになっていた。

「散歩《パシアンド》してるの」

「うん、まあな……」

メネヒルドはひきかえし、女から数メートルの距離で立ちどまったが、なんの話をしたらいいのかわからなかった。彼がもどってきたのはほかでもない。女が〈キューバ語〉を話したことにびっくりしたからだった。彼女はここで生まれたにちがいない。ハイチの女だったら、《あそこのなまり《パトウア》はひどいから……》話が通じる者などいるわけがない。メネヒルドは、女の浅黒い顔の中で、愛くるしいつぶらな瞳がかがやいていることに気づいた。兜《かぶと》のように目がつんだ髪は、三本の白い線で、それぞれ広さはまちまちながら、六つに分けられていた。服は、汚れとつぎあてだらけの、明るい色のワンピースを着ており、胸と腰のあたりはぴんと張りつめていた。少女は素足で、夜露に濡れたスパルティナ草をもて遊んでいた。耳のうしろには赤い花をつけている。《いい線いってるじゃないか》とメネヒルドは頭の中で女を裸にしながら思った。

「眠れないもんだから、ここにすわって涼しい風にあたろうと思ったのよ……」

「ふうん、そうだったのか」

メネヒルドはおどおどしている自分がわかった。話の継ぎ穂がまったく浮かんでこなかった。ひとつ男らしいところを見せやろうと考えて、ぐしゃぐしゃになった葉巻の喫《す》いさしをシャツからとりだすと、火をつけようとしたが、すぐにはつけられなかった。女は、マッチの光がゆれている男の顔をじっと見つめていた。

突然、メネヒルドは話の糸口を見つけた。

「もう年が明けたんだね」

「みたいね……」

「町中どこもかしこも、ダンスをしてる連中でいっぱいだった。おまけに酔っぱらいもいたな。その数ときたら、ハンパじゃなかったよ」

女はため息を洩らした。

「あたしも町までいって、にぎわいが見たかったわ。でも、ここからは遠いものね。それに、夜のことだから、ひとりでゆくのはこわくって。きっとすてきだったんでしょうね……」

「あんなばか騒ぎを見たってどうってことはないさ。そろそろ、けが人が出たころじゃないかな。おれはすぐ帰ってきたから、だいじょうぶだけど。あんなもの、大したことないよ……」

「かもね。でも、やっぱりあっちは愉しいでしょうね……。こっちは、さびしいだけだもの」

メネヒルドは、それまで訊《き》きたくてうずうずしていたことを口にした。

「このあたりの生まれかい」

「ううん、あっちの方、グアンタナモ〔キューバの東南端にある、大きな湾に抱かれた港町。サンティアゴ・デ・クーバの東方。海峡の対岸はハイチ〕の生まれなの」

そこでふたたび押しだまってしまった。草むらでは、コオロギの合唱団が伴奏なしでアダージョの歌をうたっている。手のやり場に困ったメネヒルドは、椰子の葉の帽子をぬいだ。女はにっこりと笑みを浮かべた。

「帽子はかぶってないとだめよ」

「どうしてだい」

「お月さまの光をあびるのってよくないから……」

「あっ、そうだったな」

なるほど、女の言うとおりだった。月の光は体に障《さわ》るのである。その話は、サロメーから耳にタコができるほど聞かされていた。メネヒルドは帽子をかぶり直した。男と女は口をつぐんだまま、横目でじっと相手のようすをうかがっている。若者は葉巻をつよく喫ったけれど、火が消えていた。おまけに、火をつけようにもマッチがなくなっていた。とんだドジをふみ、男が身も魂も消え入るようなバツの悪い思いをしていることに女は気がついた。

「待ってて……」

女は、消えかかった焚き火のほうに走ってゆき、まだ青白い火が残っている枝をつかんできた。

メネヒルドは喫いさしに火をつけたとき、わずかにひらいた女のワンピースの胸もとから、乳房らしきものが見えたように思った。

「どうも……」

「いいのよ、気にしなくても」

若者は、つぎにやることを思い描いたが、手がいうことをきかなかった。そのとき、奥手な自分がほとほといやになった。《もうちょっと度胸があれば、この女をくどけるのに……》。けれども、いくら待ってもそんな勇気など出てきそうもないと思うと、ますます尻ごみするばかりだった。いっそのこと、ずらかろうと考えたが、こんどは足が言うことをきかなかった。それでもやっとの思いで、こう口にした。

「じゃあ……おやすみ」

「さよなら」

メネヒルドは歩きだしたまま、後ろをふりむきもしなかった。女は目をかがやかせ、彼のうなじのあたりを見ていた。メネヒルドは、シャツを通して首すじにつき刺さるような女の視線を感じた。不思議なあせりに似た気持ちに駆りたてられ、肩をすぼめながら道をいそいだ。

褐色がかったヴェルヴェットのような背中の、毛むくじゃらの蜘蛛がゆっくり小径を横切っていった。

17　抒情性

メネヒルドは恋に落ちた。このもっさりした若者の心の奥底では、千々に乱れた初恋の思いが生まれていた。先日の夜、出会った女のことを思うたびに、胸がときめき熱いものが身体じゅうを駆けめぐったのである。ひとりで歌を口ずさんだり、ほくそえんだり、突然、絶望の淵に沈んだりした。荷車の上に突っ立った彼は、うわの空でサトウキビ畑を横切った。ときどき、牛の名前をとりちがえ、〈黄金の粒〉のかわりに〈宝石〉をしかりつけたし、手綱さばきをあやまり、荷車を側溝にはまらせて、満載した荷をひっくり返したこともあった。

「おまえ、どうかしてるんじゃないか」と老練の荷車ひきがまじめくさって言った。

仕事をはじめてまもない頃、字が読めないメネヒルドは、竿秤の前で牛車をとめると、積み荷の総重量をめぐってよく口喧嘩をしたものだった。けれども、その日は、秤からはなれたところにいたので、計量係はキンタル〔重量の単位で百ポンド、約四十六キロに相当〕表示の目盛りを好きなように動かすことができた。メネヒルドは恋にうつつをぬかしており、このままでは、賃金をもらうとき、空きっ腹をかかえている家族にひもじい思いをさせるような、ヘマをやらかしそうだった。というのも、イタリアの郷士の家に生まれた計量係は、戦争にまきこまれたことと、贅沢趣味がたたり、破産した経歴のもちぬしであり、それを生かし、農園主のために哀れなサトウキビ収穫人をだましてやろうと、待ちかまえていたのである。そうした盗人《ぬすっと》みたいな男の手で、重りと釣りあい重りが銅製の竿の上をするするとすべってゆく。けれども、メネヒルドは、牛をつつく棒切れにもたれたまま、ほかのことを考えていた。おのれの見てくれが気になりはじめたので、底がひろくてまるい豚革の靴を買った。ニュー・ワルシャワ屋のポーランド人経営者カミーンは、ここぞばかりに赤と青の水玉模様入りのオレンジ色のシャツも押しつけた。そればかりか、香水入りの石鹸まで摑《つか》ませ、メネヒルドがもっていた小銭まですっかりまきあげていた。

　そうした素晴らしい買いものは、サロメーからは不審の目で見られた。年老いた母親は、ひょっとしたら、息子はコーヒー茶碗の中にとかしこんであった魔術の薬を飲まされたんじゃないかしら、と心配した。呪いっていうのは、思いもしないようなときにかけられるものだから。

　その夜、サロメーは、息子を横目でにらみながら、しつこくこうくり返した。

「女っていうのはいまわしいもの、魔物なんだよ……」

　メネヒルドはおのれに当てつけた物言いをされているとは気づかず、買ってきたものをベッドの下にしまうと、それにさわりそうな弟をつかまえて、ぼそぼそと身の毛がよだつような脅し文句をならべ立てた。

18　発見

生まれてはじめて恋に夢中になったメネヒルドは、耳もとに花をつけた美しい女が住むハイチ人キャンプ地の前で、毎日をすごした。

言うまでもなく、あのような出会いでもなければ、メネヒルドがハイチ人の女に恋することなどありえなかった。けれども、《あっち、グアンタナモ生まれ》の女が、ここで気持ちよく暮らしていないことは察しがついた。闘鶏と酒瓶のことしか頭にない、喧嘩っぱやい、飲んだくればかりの大勢の黒人にとりかこまれていたのである。そうした女の暮らし方については、メネヒルドもはっきりしたことはわからなかった。謎につつまれている分だけ、ますます見知らぬ女を買いかぶり、魅《ひ》きつけられることになり、童貞らしい衝動から切なく狂おしい気持ちで女を求めた。いい気なものだが、直情的でひたむきな情熱に駆りたてられていたので、どんな障害も乗りこえられそうだった。たとえ、なにが起ころうとかまうものか。もしすんなり好きになってくれないんだったら、何としてでも好きにならせて見せるさ。

ある朝、小屋のそばで洗濯物を干している女の姿を見つけた。女は人指しゆびを噛みながら、やさしくほほえみかけた。けれども、そのとき、黒人の大男がキャンプ地を横切ったので、女は急にこちらに背中をむけた。また、ふたりが遠くから長いあいだじっと見つめ合った日もあった。たがいに合図を交わしたけれど、どんな意味があるのか誰にもわからなかった。ある晩、女はガソリンのようなにおいがする野花を投げてくれた。けれども、メネヒルドが近づこうとするたびに、おびえたような素ぶりを見せるので、思いとどまらざるをえなかった。女はなにかを恐れているようだった。メネヒルドにむかって手のひらを左右に動かしながら、いつも《だめよ、待って……》と言った。

そんなとき、欲望のやり場にこまったメネヒルドは、棒ではげしく牛をつついた。〈黄金の粒〉と〈宝石〉はいきり立って、しっぽをふりながら鼻を地面すれすれまでさげると、脱兎のごとく走りだした。

「おまえ、どうかしてるんじゃないか」と老練な荷車ひきがおなじ言葉をくり返した。

その日の午後、メネヒルドはハイチ人キャンプ地の前で荷車をとめると、とげのある灌木にひっかかった白い布の切れはしをひろった。その布を左手でつかみ、帽子の中にしまった。一方で、そうしたものを発見できたのは、神秘的な力のみちびきのたまものだと考えた。

19　魔術《エンボー》

ベルアー爺さんの小屋は、岩だらけの丘のふもとに建っている。丘は、長いあいだ風雨にさらされてひびが入り、植物につく無数の害虫にかじられてぼろぼろになっていた。あたりには、駝鳥の羽のように軽い竹林が散在し、ほとんど手を通すことすらできない、途方もない大きさのマントを思わせる道しるべを飾っていた。道しるべには、棘を秘めている植物や、甘い樹液が流れる管をもった灌木、緑がかった色の百足《むかで》、淫らな花を咲かせた蘭がまとわりついていた。呪術師は貧しい暮らしをしていた。クニェンゲ師のように、蠍《さそり》を殺して有名になることもなかったし、ホセ師のように、首都にアラー屋敷をかまえて贅沢三昧の暮らしをおくり、かつては国を支配した政治家の子孫がたずねてくるというようなこともなかった。けれども、戸口に実をむきだしにしたトウモロコシがぶらさがっており、老齢になるまでさまざまな治療をやりとげた実績とあいまって、彼より物知りだった先達たちもうらやむような博識をそなえていることは確かだった。メネヒルドはこれまで一度も訪ねたことはなかったけれど、目の前にあるのが爺さんの家にまちがいないと思った。若者は大声でこう言った。

「ごめんください」

ベルアー爺さんが戸口に姿をあらわした。顔がいつになく皺くちゃになったように見える。頭には、聖メルセデスの祝祭のときに儀式で使う白いナプキンをまいていた。灰色のひげが顎の先で震えていた。鰐の背中そっくりに、うろこ状のものがびっしりならんだやせ細った両手には、太い杖をにぎっている。うしろから、百歳に手がとどきそうな女房インダレシア婆さんが顔をのぞかせ、険のある、ものめずらしそうな目でメネヒルドをにらんでいた。

「師《タイタ》よ……サロメーの息子メネヒルドです……お願いがあってきました」

インダレシア婆さんは手招きして、メネヒルドを中に入れた。それからしばらく、若者をじろじろ見ていたが、ようやく皺が横に走る顔に笑みを浮かべると、こう洩らした。

「それにしても、ひどいじゃないか……あんたの母さんは、この婆《ばば》アのことを忘れちまったみたいだね。あんたの母さんがお産したとき、あたしがお腹の上で聖カリダーのお祈りをとなえてやったことがあるんだよ。何度も何度もね……きっと、インダレシア婆アは穀《ごく》つぶしだとでも思ってるんだろうね……神さまのお供えものをちっともよさないんだよ。もうずいぶんたつけれど」

「病気にでもならないかぎり、誰だって他人《ひと》のことなんか思いだすもんか」と師があと押しをした。

ふたりの老人のあいだにあるスツールに腰をおろしたメネヒルドは、おずおずとこう言葉を返した。

「師よ、ご存じのとおり、うちはみんな、あなたのことが好きなんです。ついきのうも、ルイ爺ちゃんが、おできができたときは、インダレシア婆さんのやっかいになったもんだ、黒ずんだ毛並みの猫のしっぽでこすりとってくれたんだよ、と想い出話をしていました」

ベルアーは寛大なところを見せた。

「おれたちのことなら気にしなくていい。人生の道は長いことだし……それに、あんたの母さんは仕事が山ほどある上に、子だくさんなもんだから、たぶんくたびれてるんだろうな。で、きょうはどんな治療をして欲しいのかね」

メネヒルドは真顔になりこう応じた。

「師よ、恋の悩みをかかえているんです」

「呪いをかけたい相手でもいるのか」

「いえ、女がおれを好きになるようにして欲しいんです」

「名前はなんていうんだ《コモ・セ・ニャーナ》」

「さあ」

ベルアーは土色の首をひっかいた。

「そいつはちょっとやっかいだな。で、黒人なのか」

「ええ」

「まだしもだな。その娘の髪をもってきたかい」

「いや」

「服の切れっぱしかなんかないかね」

「それなら、あります。これです」

「じゃあ、よこすんだ。できるだけのことはやってみるけれど……」

メネヒルドは、ハイチ人キャンプ地のそばで拾った白い布をポケットからとりだした
「それと、聖者に供える食べものはあるかい」

若者は手にもっていた包みをほどいた。ハンカチにくるまれていたのは、サトウキビの搾りかすを混ぜた焼酎の小瓶が一本、炒りトウモロコシ粉でつくった団子が三個、山芋の揚げものが数個、それに願いごとがかなった証しとして、町の教会で聖者に捧げてある、心臓と手をかたどったブリキ〔スペイン語でexvotoと言う〕であった。ベルアーは供えものをうけとったけれど、まだ動かなかった。そのあと、右手の人さし指と親指をくっつけると、思いのほか力づよい声で、厳しい口調でこう唱えた。

「オヤー〔稲光と嵐の女神。シャンゴーとは切っても切れない関係にある。カトリック教の聖カンデラリアに相当〕よ、オヤーよ」

メネヒルドは事情が呑みこめた。数枚の硬貨が神さまの両手に落ちた。そこで、ベルアーはインダレシア婆さんに供えものを預けた。インダレシア婆さんは小屋の奥にむかった。そこには、目のあらい綿の幕がかかり、神秘の部屋とのあいだを仕切っている。インダレシア婆さんは部屋に入る直前に、若者のほうをふり返って言った。

「おいで」

メネヒルドは胸をどきどきさせ、だまって、汗をぐっしょりかきながら神殿に入った。あとから物知りのベルアーがつづいた。初めは、壁によせかけてある白いつくりものが、遠くにぼんやり見えるだけだった。窓は閉められ、光が洩れるような隙間はどこにもなかった。

「ひざまずくんだ」

若者が言われたとおりにすると、ベルアーはろうそくに火をつけた。恐ろしさのあまり、メネヒルドは背筋に冷たいものが走るのを感じた。彼は初めて神々《コサス・グランデス》を目の前にしたのである。それらに比

べると、サロメーの祭壇にまつられている神々は、どこか似ているだけの、貧弱な、ほんものがもつ迫力に欠ける代物《しろもの》にすぎなかった。目と同じ高さに、ひなびたレース編みの布におおわれた台がある。その上で、神々がじっさいにつどっており、まわりにその属性をしめすものがならべられている。まず、さまざまなキリスト像が、祈禱師以外のひとにはわからない、かがやかしい秘密の生活を謳歌している。中央においてある平たい儀式用の太鼓の革の上には、十字架にはりつけにされたオバタラー神が、網の目ようにからみあった首かざりにとらえられて立っていた。その足もとには、イエマヤー、つまり可愛いレグラの聖母が、ガラス瓶に閉じこめられている。三位一体をなす偉大な神々オリシャの中で第二の位格をしめるシャンゴー神は、聖バルバラの顔だちをしながら、黄金のサーベルをふりあげていた。石膏製の洗礼者聖ヨハネは、オルルー〔シャンゴーの属性である木槌〕のもつ力を表わしている。禿げ頭の混血女で、男女のまじわりをつかさどるママ・ローラ神は、玩具屋《おもちゃや》にならんでいる笑みを浮かべた人形で表わされ、数珠だらけの、バラ色の大きなリボン飾りがつけてあった。台の隅には、黒い小さな体に赤い服をつけ、目がすわったヒマグア兄弟〔アフロキューバ的な魔術で、霊が宿っているとして崇拝される双子のものがみ。体内に埃、石、針、人毛、釘が見られることが多い〕が立っている。この双子の神々は目がとびだし、首と首が革ひもできれいにむすばれていた。羽根のはえたあどけない若鶏は、浅い土鍋に入れられ、ぴかぴかの七本のナイフにかこまれていたが、それは悪魔エシュー〔アフロブラジル的な狂信的な宗教で、いたずら好きの霊、悪の化身。赤と黒の服をつけている〕の荒ぶる力を象徴していた。そうした彫像のぐるりには、斧、二本の鹿の角、いくつかの猫の牙、数個のマラカス、防腐加工されたヒキガエルが見える。ひとを不安にさせるそれらの品々は、呪いをかけるときに使われるものである。大王椰子の葉でできた壁には、蹄鉄、造花、聖ヨセフをはじめ、聖ディマス、アトーチャの幼子イエズス、メルセデスの聖母の版画がかかっている。十六個のマンゴーの種を半分に切り、それを銅の鎖に通したイファー神〔ブラジルなどで崇拝される、占いとむすびついたアフリカの神〕の首飾りは、釘で固定されていた。

インダレシア婆さんは、それぞれの神の前においてあるお椀、皿、スープ皿に、メネヒルドの供物《くもつ》を分け入れた。さきほどからとなりの部屋に姿を消していた師《タイタ》が、左わきに長い太鼓をはさんでもどってきた。師の恰好を見たとき、メネヒルドは腰をぬかさんばかりに驚いた。頭に鸚鵡の羽根で飾った帽子をかぶり、その帽子から三つ編みにした四本の長い金髪をたらしていたのである。毛むくじゃらの胸ははだけており、細いひもでつるした魔除けの袋がのぞいていた。その頃、師は喉の痛みをかかえていたので、もうひとつの小さな袋をぶらさげていたが、そこには生きた蜘蛛が入っているはずだった。メネヒルドが拾ってきた布は、祭壇の中央に供えてあった。

「これは女の服にまちがいないんだな」

「ええ、まちがいありません」

「じゃあ、まず体を清めよう」と呪術師は言った。

ベルアー爺さんは、小さな磁器に入った椰子油に指を突っこむと、メネヒルドの額、頬、口、首筋にべたべたぬりつけた。そのあと、ひざまずいた若者の周囲をゆっくり廻りはじめた。三歩すすむごとに足をとめ、悩める若者の震えている背中に、甘口の葡萄酒にひたした炒りトウモロコシをひとつかみあびせた。それから、呪術師とインダレシア婆さんは声をあわせ、くり返しこう唱えた。

「清めたまえ《サラー・イエー・イエー》、清めたまえ《サラー・イエー・イエー》」

呪術師はそう祈ると、メネヒルドの前に立った。

「おやじはどこで生まれたのか」

「ルイの家です」

「神さまはどこで生まれた」

「はるか遠いギネアです」

　ベルアー師はふたたびはじめた。

「神さまはどこで生まれたか」

「はるか遠いギネアです」

「あんたのおやじはどこで生まれたのか」

「ルイの家です」

　三人は、決まり文句とむすびつけ、気のむくままに交互に答えながら、呪文を唱えた。

「ギネアの神よ」

「清めたまえ」

「家にいるウセビオよ」

「清めたまえ」

「ギネアの神よ」

「清めたまえ」

「ルイの家で」

「清めたまえ」

「家の神よ」

「清めたまえ」

「誰が恋をかなえてやるのか、誰が恋をかなえてやるのか」

「清めたまえ」

「ルイの家で」

「清めたまえ」

「メネヒルドよ、メネヒルドよ」

「清めたまえ」

「ルイの家で」

「清めたまえ、清めたまえ、清めたまえ」

太鼓が鳴りやんだ。三人は口をつぐんだ。そこで、ベルアーは布切れをつかんだ。それに麻ひもを結びつけると、七つのむすび目をつくりながら、こう唱えた。

「一つ目でおまえをしばる」

「二つ目も同じだ」

「三つ目でママ・ローラ神がしばる」

「四つ目でおまえは倒れる」

「五つ目でおまえは身もだえする」

「六つ目でおまえはじっとしている」

「七つ目でおまえは恋におちている」

ベルアーはメネヒルドに合図をした。若者は立ちあがった。呪術師のあとについて、小屋を出た。金合歓《きんねむ》の木陰で、インダレシア婆さんは皺くちゃの手で土を掘りかえす。呪術師は、まるめた布切れとひもを穴に落とした。

「埋めてしまえ」

若者は、興奮のあまり震えながら、かわいそうな布切れに土をかぶせた。そのあいだ、ベルアーはアニマ・ソラ〔煉獄に堕ちた魂。エレグアー神の化身で、その祈りは嫉妬ぶかい女にたいするもの〕の祈りを唱えていた。

「ここに灌木が芽をだしたら」とそのあと呪術師は言った。「きっと女のほうからあんたをさがしにくるはずだ」

有頂天になり、感謝の気持ちでいっぱいになったメネヒルドは、タコだらけの師の指先まで届くようにふかぶかと頭をさげた。そして、《神さまにお供えするもの》でも買ってくださいと言って、手許に残っていた数枚の硬貨をわたすと、インダレシア婆さんにいとま乞いをした。ベルアーは、まだ声を震わせながら、こう言った。

「いいか、サロメーに、いつでもこの家にくるようにつたえてくれ。爺さんは息災で仕事をしているって言うんだ」

「承知しました」

メネヒルドは足どりも軽く小屋をはなれた。いつになく体に力がみなぎり、歩みが速いような気がした。野生の蔦葛《つたかずら》が、かわいい鐘状の白い花でグアバの木の枝をおおいつくしている。プラチナ色の陽ざしをあびた景色は、ふだんとはちがってシベリアの植物を見ているようなおもむきがあった。

20　加入儀礼（b）

魔術の力にすがりついたものの、メネヒルドの運命にまったく変化はなく、毎日がいたずらに過ぎていった。七つの結び目を墓に埋めてくれたのはいいけれど、あそこから芽をだすようなそんな酔狂な種子があるだろうか、きっとそう思っているにちがいなかった。そんなわけで、寝言をいったり、黙りがちになったり、いら立ったりした。つまらないことで弟のルペルトやアンドレシートの顔や尻をひっぱたいたので、サロメーにこっぴどく叱られたが、言うことをきこうとしなかった。家族が食卓を囲んだときも、ほとんど口を閉ざしたままだった。ウセビオとルイ爺さんは、いったいどうなっているんだという顔で、こっそりメネヒルドの表情をうかがった。母親は、これは誰かが息子に呪いをかけているのかもしれない、近いうちに一度、魔術師の家をたずねて、メボウキ水とタバコの苗木でこの家のすみずみまでお祓《はら》いをしてくれるように頼まなくっちゃ、と考えた。そのためには、はれあがった脚の痛みを治す必要があったので、彼女は牝鶏の血が入った膏薬をぬった。やがて、春の訪れを告げる風が吹き、樹液がしたたり落ち、種子が芽ぶいた。新芽がふくらむと、ライムの樹にひびが入り、冬のあいだに長くのびた馬の毛が抜けはじめた。ひっきりなしに聞こえる工場の騒音が、馬のいななく声、木立の中で逃亡奴隷を追いかける声、ひとの肉体にこき使われるひとの肉体から発せられる悲鳴といったものからなる、壮大なコンチェルタンテ〔複数のソロ楽器とオーケストラが合奏する十八世紀のシンフォニー〕と重なりあった。コオロギは繁殖し、牡牛の鳴き声はうっすらと靄のかかった青い山々にひびいた。近くの畑では、山刀を手にサトウキビを刈る男がはじめて鳥の巣を見つけた。けれども、そうした大地の歌が聞こえても、メネヒルドはひとりさびしく冴えない表情をしていた。

その日の夕暮れ、町から歩いて帰った。たそがれの空は、これが最後というような赤と紫色に染まっていた。

いつもどおり、メネヒルドは通いなれた小径をたどった。両腕をたらし、脚をひきずりながら、疲れた仔馬のような足どりで歩いた。女のことを思い出すたびに、残っている力がすり減ってゆく。一方、女をものにしたいという欲求はますますつのっていた。言ってみれば、心理的に麻酔をかけられたような状態になっていた。まるで、いわく言いがたい、救いようのない、とてつもない不幸がふりかかったかのようだった。彼は、左手に立ちならぶハイチ人の小屋をけわしい目でにらんだ。そのとき、われに返ると、《災いをもたらすために》おのれの前にあらわれた女にたいし、思いつくかぎり悪態をつきたくなった。声を落として罵りの言葉をつらねるうちに、元気がでてきたし、自信をとりもどしたような気がした。

キャンプでは、黒人たちが、お椀に入った、米とインゲン豆を主体にしたコングリー料理や、サトウキビ汁にひたしたパンをたいらげていた。そこをあとにし、メネヒルドはゆく手をさえぎる小川にさしかかった。そのとき突然、足をとめて目を皿のようにして見ひらいた。

女がそこにいたのである。しかも、アーモンドの木の下にある白石にひとりで座っている。

メネヒルドは小川に飛びこみ、まっすぐ女に駆けよった。女は敵に気づいてびっくりした鹿のように逃げようとした。若者はがっしりした手でぬくもりのある腰をつかむと、両腕で抱きしめた。

「やめて……やめてよ」

メネヒルドは仔犬のように嚙みついたが、むっちりした肩の肉に歯をたてることすらできなかった。けれども、焼いたくだものや、新鮮な樹脂、さらには、さかりのついた女の匂いを放つ浅黒い肌に唇がふれたとたん、かっと血が頭にのぼった。パン生地のように柔らかい女の体をまさぐる両手が、ぴくぴく震えた。女というのは男にせまられると、一種の儀式のように当初は逃げようとするものだけれど、このときもそうだった。女は若者の胸をひっかき、しつこい愛撫をかわそうとして顔をそむけた。

「放してったら、放してよ」

「いやだ……放さない。もう放すもんか」

メネヒルドはいきなり女の服をひき裂いた。ほつれた糸とやぶれた布のあいだから、欲情をそそられてひきつり、震えている乳房があらわれた。若者はがむしゃらに女の体をひきよせ、抱きしめた。ふたりは、汗まみれになり、あえぎながら、柔らかな草むらに倒れこんだ。

メネヒルドはやさしく女を抱いている。そのとき急に、女は彼の両腕からすり抜け、素足で水面下に沈んだ砂をけり、小川をわたっていった。両手で乳房をおおい隠すようにして、対岸にはえているグアバの樹の林のほうに走った。若者があとを追いかけようとしたので、女がこう叫んだ。

「帰ってよ……」

そして林の中に姿を消した。

メネヒルドはしばらくためらったあと、家に帰ることにした。どうしたわけか落ち着かなかったが、胸のつかえがおりたことはぼんやりわかった。まるで、思いがけない気候の変化で、脱皮したかのようだった。喜びがこみあげてきて、すでに女の肌ざわりを知った、がっしりとした胸の奥底にある大きな振り子がゆれているような気がした。その夜、手のひらを返したように息子の機嫌がよくなったので、サロメーは、ひとまず家のお祓いをしてもらう必要はなくなった、と思った。息子にかけられた呪いが不思議にもとけたことを祝って、二度もコーヒーをいれた。けれども、そうしたいきさつは、ウセビオとルイ爺さんには黙っていた。メネヒルドがまた元気になったのは、あたしが何度もお祈りをしたので、家の祭壇にまつっている聖像のご加護があったからにちがいない、そうひそかに考えていた。

二日後、テレパシーに似た本能にみちびかれ、男と女は同じ場所でばったり顔をあわせた。それ以来、毎日のように夕暮れになると逢瀬《おうせ》をかさねるようになった。ふたりの上にはこんもりと樹が繁り、そこではホタルが緑色の光をともし、恋を語らっている。一方で、早くも夜露の匂いをふくんだそよ風に乗って、くぐもったような工場のざわめきが伝わってきた。

21　ファン・マンディンガ

その夜、ルイ爺さんは、たきぎがぎっしり詰まった大きな箱にまたがり、むかし話に花を咲かせていた。ムセンガ〔よいしょ、よいしょといったほどの意味の掛け声。植民地時代に奴隷がサトウキビを刈るときに口にした〕、ムセンガ。ああ、そうじゃよ、あいつは奴隷だったんだ。父親のファン・マンディンガは気のいい男だったんじゃが、アフリカ生まれでスペイン語がしゃべれなかった、ベルアー爺さんがあがめる聖者たちと同じってわけだな。ルイ爺さんは、記憶の糸をたぐりよせながら、語りつがれてきた物語を話してきかせた。アフリカに住んでいたわしらの祖先は、奴隷船に乗せられ、どんより曇った空の下、丸い海をわたる長い航海につれだされたんじゃ。食いものといっても、固いビスケットしかなく、水は汚い樽に入ったやつを飲むほかなかった。ああ、そうじゃよ、ひいじいさんの場合は、掘ったて小屋で話されている言葉を教えてもらう必要もなかったんだ。工場もいまとは大ちがいで、ろくに機械類もなく、騒音も気にならなかった。工場主がもっているものといえば、ローラーつきの圧搾機と、しぼり汁を煮つめる大釜ぐらいのものじゃった。煙突はそう高くなく、むかしの瓦工場みたいに下が広く、上がせまくなっていた。夜なべや早朝の仕事はもちろんじゃが、真っ昼間でも、奴隷たちは大樽のそばで悲鳴をあげておったな。それくらい仕事はきびしかったし、女どもも男どもと変わらずひたいに汗して働いた。夜明けの五時になると、夜勤にでなかった連中は、親方にたたき起こされ、鞭でおどされサトウキビの刈りいれか、大釜のある小屋に追いたてられた。そして夕暮れの鐘がなると、お祈りをしたあと、鉄格子の小屋で折りかさなるようにして寝なくちゃならなかったんじゃよ。当時は中国人奴隷もいたな。やつらは黒檀色のわしらにくらべると、マシなあつかいをうけておった。ともかくも、黒人みたいにひどい仕打ちをうけた人種はないよ。なにかしくじろうものなら、鞭の雨をあびせられ、たいへんじゃった。すぼめた背中に〈牛の革〉《カスカラ・デ・ヴァカ》、つまり鞭《マタネグロ》がふりおろされると、小屋の天井に血しぶきが飛び散ることになった。たまに、奴隷がとんでもないあやまちをしでかすことがあった。そんなときは、〈腹ばいになり回数をかぞえる罰〉がまっておった。つまり、鞭をくらうたびに、奴隷は大声で回数をかぞえなければならなかったんじゃよ。万一、かぞえ方をまちがえたら、えらいめあった。親方は、また一から鞭うちをやり直したんだ。アフリカから売られてきたばかりの奴隷は、二十五か三十までかぞえるのがやっとだったんじゃが、それが分かっているやつなどひとりもいなかった。奴隷は、喉がひき裂けるような悲鳴をあげた。《かんべんしてくださいよ、親方、どうかごかんべんを、親方、かんべんしてくださいよ》。お仕置きが終わると、ミミズばれをなおすため、尿、焼酎、タバコ、塩をまぜたものが使われた。妊娠した女が罰をうけるときは、流産しないように、まず地面にお腹を入れる穴をほり、それから背中をひっぱたかれたんじゃ。それに、足かせをはめられたり、見せしめに首にカウベルをつるされてさらし者にされたりすることもあった。ああ、そうじゃよ、なんともえらい時代だった。ただ日曜だけは、工場と住んでいる小屋の掃除がすめば、数時間、さまざまな苦しみを忘れてくつろぐことができた。その日の催しのために選ばれた主賓夫妻が見守る中で、まとめ役の者が踊りをはじめるように合図をすると、太鼓がなりひびき、アフリカの神秘的なできごとや偉大な人物をとりあげた歌がながれたんじゃ。けれども、たとえばご公現のお祭り〔東方の三博士は、一月六日に、ベツレヘムの聖母マリアのもとを訪れ、誕生したばかりの幼な子イエズスを拝み、お祝いの品を献上した。その故事にならったカトリックの祝祭日。プロテスタントのクリスマスに当たり、この日に子供たちはプレゼントをもらう〕がきても、それが盛大におこなわれるのは町だけだったから、どんなはなやかな祭りか田舎の奴隷は知らなかった。その日は、悪魔や毛むくじゃらの仮面をつけた者、ムーア人の王さまの恰好をしたやつ、角のはえたひょうきんな仮面をかぶった男を先頭にして、ルクミー人やコンゴ人、それにアララー人の仮装行列が町の通りをねり歩いた。人びとは、祭りの心づけをもらう前に蛇《クレブラ》踊りをおどったもんじゃよ。

母さん、母さん、
イエン、イエン、
蛇が咬みつきそうなの、
イエン、イエン、
この娘《こ》ったら嘘つくんじゃないよ、
イエン、イエン、
それは母さんの故郷《くに》の遊びなんだよ、
イエン、イエン……

けれども、祭りははかない一時《いっとき》のもので、苦痛にみちた奴隷の心をいやしてはくれない。黒人は病気か、体罰がもとで死んだ。そうでないやつは、骨と皮になるまでやせ細り、塀にもたれたまままくたばっていったんじゃよ。いちばんあこぎなのは、黒人をひととも思わず、顎でこき使った親方どもだな。やつらは主人の前では、ぺこぺこしてご機嫌とりをしている。おかげで胸の奥にうっぷんがたまり、その腹いせを奴隷の黒い体にぶつけやがるってわけだ。一方、農園主の令嬢のようにふるまいたいと思っていた女房どもは、奴隷にくだらん用事を言いつけたもんじゃ。日曜日が近づくと、農園中でいちばん踊りのうまい黒人を選んで、五レグア〔一レグアは約五・五キロ〕も離れた家まで手紙をとどけさせた。また、妊娠中に魚が食べたくなると、川で好きなだけ陽の光をあび、涼しい思いをさせてやるから、黒人をふたり連れておいでと命じた。ほんとにえらい時代じゃったが、それでも愚痴をこぼすこともない、ひとにぎりの黒人がおった。ファン・マンディンガ爺さんはそうしたひとりだった。爺さんは、歯にやすりをかけたり、焼けたバナナで歯を治療したりする変わり者だったから、主人のメガネにかなったんじゃ。じつは、工場を経営していたその主人というのがまた変わり者だった。秘密結社の会員として知られた彼は、人間平等論をとなえたフランスわたりの本を読んだり、奴隷用の牢獄をこわすように命じたりする、そんな主人じゃった。あまりにもひどいお仕置きをくらっている黒人を見ると、よく親方をたしなめたらしいな。やがて、ファン・マンディンガに子供ができると、主人はその子に邸内の仕事をまかせることにした。仕事といっても、白人の子供たちといっしょに遊ぶだけでよかった。戦争〔十年戦争と呼ばれた独立戦争（一八六八―七八）のこと。奴隷解放につながったことで知られる〕がはじまると、ファン・マンディンガの息子はまっさきに蜂起し、スペイン人部隊に立ちむかっていった。わしのおやじは、彼のために小銃と野営用のテントをかついだんじゃ。奴隷が解放されたあと、主人は、武装蜂起したころの波瀾にとんだ日々の思い出にといって、フアン・マンディンガ爺さんに土地をくれてやった。アメリカ人経営の工場にやむなく売りわたすまで、爺さんの息子たちが耕すことになった土地がそうじゃよ。それにしても、爺さんみたいにさまざまなできごとを目にした者はいないだろうな。主人に忠実な男だったけれど、秘密の太鼓の音がひびくと、近隣に住む奴隷がじきに反乱をおこすと知らせているのが、すべての仲間と同様、彼にもわかった。しかしながら、誰にもしゃべらなかった。親方どもに、反乱をおこす貧しい連中の怒りがどんなものか思い知らせてやりたかったんだ。むかし、奴隷の頭目として勇名をはせたフアン・アントニオ・アポンテ〔奴隷制廃止の陰謀をめぐらした自由奴隷。一八一二年、奴隷たちが反乱を起こしたあと、陰謀が発覚して処刑された〕という男がおってな、そいつの遺体は八つ裂きにされたあと、チャーベス橋でさらしものにされたが、そいつと同様、そのとき反乱をおこした首謀者も、銃でむごたらしく殺されるハメになったんじゃ。フアン・マンディンガが静まりかえった空気をかぐと、うっすらと血の匂いがしたそうだ。そうした血の匂いが染みついた太鼓の音によって、大胆にもアフリカの伝統的な連絡法をよみがえらせた仲間たちにたいし、フアン・マンディンガはなんとなくゆかしい気持ちを抱くことになった。仲間たちの努力は実をむすばなかったものの、少なくとも逃亡奴隷がつくった矢来の数が増えたことだけはまちがいない、そう考えたんだ。反乱がおさまったあと、フアン・マンディンガが事件のいきさつに詳しいとにらんだ主人は、《おまえの仲間どもが無茶なことをやりおったが、どう思っているんだ》と水をむけた。そのとき、フアン・マンディンガは勇をふるいおこしてこう答えたんじゃよ。《旦那さま、あなたのような主人ばかりでしたら問題はおきません。けれども、じっさいはそうじゃありませんから、雨が降れば、川の水かさが増すのは当然です。もしヒメコンドルが座りたいと思うようになったら、最後には尻に肉がついて空を飛べなくなるでしょう。だから安穏《あんのん》としてはいられないのです》。主人はなにも言わず、驚いたような目でファン・マンディンガを見つめながら、こいつの真意は、弁護の余地はない奴隷制度の終わりが近づいているという点にあるようだ、と考えた。そんなわけで、ファン・マンディンガを自由の身にしてやったとき、姓を名乗ることを許してやったんじゃ。奴隷市場で勝手につけられた名前では、子孫がひどい目にあうことはまちがいないからな。

ルイ爺さんは、さらに熱っぽく語った。

「ああ、そうじゃよ、あの頃は皮膚の黒い者にはえらい時代だった。今もしんどい時代には変わりないが、むかしはこんなもんじゃなかったよ。サトウキビの収穫はどん底だったし、貧しい連中はしじゅう空き腹をかかえ、つらい思いをしておった。農園主ときたら、雀の涙ほどの給金まで値ぎりたおしたんだ。けれども、どんなケチな野郎でも、ひとの背中をひっぱたいていいっていう法はないから、戦争をやらかしたんじゃ。スペインの植民地時代はどうだったかっていうのかい。話にもならんよ……」

メネヒルドは、こうしたむかし話をきいてもなんとも思わなかった。爺ちゃんのひとり語りは今はじまったわけではないし、工場からひびくいつもの音と同様、聞きあきていたのである。それよりも、自分が選んだ女のことを真剣に考えた。できたら、ふたりがいっしょに眠れる広さのベッドをそなえた、椰子の葉ぶきの家をつくり、そこで暮らしたかったけれど、それはまだ雲をつかむような話だった。ともかくも、すべてが思いどおりにはいかなかった。あの女の名前はロンヒーナというのだが、幼い頃、父親につれられてハイチにわたった。けれども、父親は、目をかっとひらいた、田舎廻りの現人神《あらひとがみ》に魔術をかけられたせいで、ある日、突然、姿をくらまし、ゆくえ知れずになった。おかげで、ロンヒーナは年老いた伯母にあずけられ、ひどいあつかいをうけることになった。成長するにつれ、家出をしたいという気持ちはつのっていった。自分の祖国はキューバだときいていたので、そこに戻りたいと思っていた矢先、ハイチ人の男がサトウキビ取り入れの仕事をするために、キューバに出稼ぎにいくというので、その男にくっついて逃げた。しかし、その最初の夫は、やがて博打《ばくち》仲間のナポリオンというやつに、ロンヒーナを二十ペソで売りとばした。ナポリオンは、酒好きで喧嘩っぱやい質《たち》だった。だから、いつも勝手な理由をつけてロンヒーナをなぐりつけた。ロンヒーナは、夫の前ではひどくおびえるようになった。けれども、じつを言うと、ロンヒーナというのは、どうでもいい男になぐられて黙っているようなヤワな女ではなかったのだ。(《でも、あんたはべつなの、だから好きなことをしていいわ》と、あるときロンヒーナはメネヒルドに言った)。ロンヒーナが何週間も口をきくのを避けていたのは、そうした事情があったからだった。しかし今は、なにひとつ気にすることはなかった。ロンヒーナはメネヒルドが好きになったのである。思い出の中にいる父さん、それに母さんの遺骨に誓って言うけれど、もしあたしが嘘をついたら、この場ですぐに殺してもいいわよ。

メネヒルドは、こんな幸せがいつまでもつづくわけがない、と何度も自分に言いきかせていた。直感的に、いずれ自分たちの恋には破局がくるとふんでいたのである。〈おれはぞっこん惚れている〉と悟ったとき、そのうち誰かと対決して暴力沙汰をおこし、目の前に未知の世界の扉がひらくだろうという気がした。その考えが、しっかり頭に根をおろしており、それにあらがうことのできる者はいなかった。まさに、今は亡きファン・マンディンガがのべたように、《もしヒメコンドルが座りたいと思うようになったら、最後には尻に肉がついて空を飛べなくなるだろう。だから安穏としてはいられない》のである。

22 火事（a）

ウセビオ・クエーは、火の手がまたたくまに燃えひろがってゆくので、驚きのあまり身じろぎもせずにじっと眺めていた。やがて、巨大な火のカーテンが谷間の中ほどで閉まるのを目にした。それが火事であることはまぎれもない。もくもくと、はっきりとしたかたちで煙が夜空にのぼり、低くたれこめた雲――それは湿気をたっぷりふくみ、黄土色に染まっていたが――をこれからさらに厚くするところだった。あたり一帯をなめつくそうとする火の勢いからは気流が生じ、それに乗って無数の火の粉がサトウキビ畑の上に降りそそいでいる。蟻のように小さな人影が、火の粉を払う長い団扇《うちわ》をうちふりながら、燃えさかる炎の前を駆けていった。そのとき、工場のサイレンがいっせいに鳴り出し、不測の事態が起きたことを知らせた。

「ざまみろってんだ」とルイ爺さんは、小屋の外にある熊手につかまりつつ、吐きすてるように言った。「ざまみろってんだ。ラモン・リソの家に火がまわるぞ」

いざというときは、いつでも背の平たい部分でなぐれるように、山刀をかまえたこの地方の巡査が、駄馬に拍車をくれながら、小屋の前庭に駆けこんできた。

「おい……なにをぐずぐずしているんだ。さっさと火事を消しにいくんだ。椰子の葉っぱを忘れるんじゃないぞ」

メネヒルドと父親は、椰子の団扇をつかむと、歩いて火災現場に向かった。道々、むしゃくしゃした様子の父親はこうぼやいた。

「なんでこっちから煤《すす》まみれになるようなマネをしにいかなくっちゃならないんだ。貧乏くじをひかされるやつは、いつも決まっているんだよ」

親子は、消火作業の最前線にたどり着いた。二百メートルの幅で燃えひろがった火の手が、畑にむかって突き進んでいる。まもなく、サトウキビはぐっしょり汗をかき、ぱちぱちはぜ、黒こげになり、中に入った甘い汁は大地の上に立ったまま煮つまりはじめた。あふれるように樹液をふくみ、手の切れそうな鋭い葉をつけた小枝は、工場の煙突よろしく煙を立ちのぼらせていた。濡れた地面に敷いた蒲団《ふとん》を思わせる藁《わら》が、エンジンがうなるような音をだしながら、小さな青い炎をあげて燃えた。数百人の農夫や出稼ぎの者が、植物の葉で火をたたき消すと、まわりに火の粉がうずまいた。あまりの明るさにたじろいだ馬にまたがり、てきぱきと指図する農園主の姿が見えると、罵声と卑猥な言葉が飛び交った。ひとでごったがえす中、ラモンの女房が尻むきだしの三、四人の鼻たれ坊主をつれてあらわれた。うす汚れた顔に髪をふり乱し、ほとんど裸同然のかっこうの女房は、泣きごとを言いながら、ひどくおびえた表情で足早に立ちさった。そんな泣きごとに耳を貸すようなひまなやつは、誰もいなかったことは言うまでもない。まるで灰と汗の仮面をかぶっているかのような数人のジャマイカ人は、火事を消しとめる仕事を放りだし、ラム酒をひっかけて喉の乾きをいやしていた。

　そうした光景のはてに、立法形の工場の建物が見えた。その建物も燃えているようだった。赤く染まった屋根の上から、いつはてるとも知れない泣き声にそっくりのサイレン音が鳴りひびいている。それは、火事を交響楽に見たてるとすれば、楽譜に書きこまれた、もの悲しい延音記号《フェルマータ》を思わせるものだった。

23　火事（b）

メネヒルドは気乗りしないまま、火をたたいていた。そのとき、まずハイチ人の一団が、そのあと軍人が、狂ったように山刀をふりまわしながら、やってくるのが見えた。その中に、ロンヒーナの夫、ナポリオンが混じっていることに気づいた。こいつはやばいよ、なんとかしなくちゃ、という思いが頭をかすめた。嫌なことが起きそうな予感がしたメネヒルドは、火事場の右手のほうにいる農夫の群れにまぎれこんだ。やがて、人目につかないように、あぜ道を脱兎《だっと》のごとく逃げていった。もし先まわりした巡査につかまったら、山刀の背の平たい部分で肩や脚をいやというほどぶたれるのがオチだとわかっていたのである。一瞬、方角を確かめるために立ちどまると、ふたたび走りだした。石の塀をいくつも飛びこえた。乳白色のオニナベナの生け垣にさしかかり、ナイフで道を切りひらいた。腐食性の汁が目に入ろうものなら、失明しかねないので、目は閉じていた。家畜飼育場を足早に横切ったとき、赤味がかった雲――それは、言ってみれば下界のできごとを映しだすスクリーンのようなものだったけれど――が、ますます大きくふくらんでいくのが見えた。ハイチ人キャンプの入口までくると、足をとめた。キャンプはひと気がなく、がらんとしている。女たちも、出稼ぎの男たちにくっついて火事場に駆けつけたのである。だけど、ロンヒーナはきっとここに残っているはずだ、とメネヒルドは思った。直感的にそうさとったのだった。

メネヒルドは四つん這いになって、三角形の小屋の中に入った。暗闇の中でかすかな寝息がきこえる。憶えのある匂いをたよりに、ロンヒーナがいるほうに進んだ。ロンヒーナは眠りつづけながら、《それゆけ、それゆけ》とわけのわからない寝ごとを言うと、ぱっと目をさましたが、そのときすでに、メネヒルドはもどかしそうな手つきでロンヒーナの服を脱がせていた。

大粒の雨が椰子の葉ぶきの屋根をころがり落ちてゆく音がする。雲が裂け、透明な雨が篠つくように降りだすと、赤土は喜びのあまり喉を鳴らした。湿った樹木とすずやかな枝葉、塵、グアバの木の葉の匂いがいっきに小屋の中に流れこんできた。熱帯特有のほてりがいっぺんに冷めたせいか、樹液や雌蕊《めしべ》が小おどりした喜んだ。樹木は移動をつづける天の泉にむかって、いくつもの腕をのばした。草木の葉をたたく驟雨の音が谷間じゅうにひろがった。もどかしいほど細々とした、無数の支流を集めてほとばしる川の瀬音も耳に入った。

火勢はすっかり衰えた。いくすじもの煙がたちのぼり、ほとんど鎮火したようである。馬が小径を通ると、土の上にはっきりと蹄《ひづめ》の跡がつくようになった。驟雨のしんがりに位置していた農夫たちは、《おやすみ》と別れの言葉をかわし、家路を急いだ。

「帰って」とロンヒーナが言った。「じきにナポリオンがもどるはずよ。もし鉢あわせをすることにでもなったら、まちがいなく殺されるわ」

メネヒルドは胸をはった。

「あんなやつ怖がることはないぜ。哀れな野郎が顔を見せたら、首をひっこぬいてやるだけさ」

「おねがい、帰って。たのむから、帰って。とりかえしのつかないことが起きそうだから……」

やっとのことで、メネヒルドは小屋の外に出た。ちょうどハイチ人がもどってきたらしく、道のほうで話し声がきこえた。若者は、背の高いサトウキビのあいだの葉陰に身を隠した。畑の中を百メートルほど進むと、平然と自分の家につづく小径をたどった。

ところが、あとをつけてくる者がいる。裸足で走ってきたので、かすかに音がしたのである。黒い影が近づいてくると、メネヒルドは足をとめて小径をそれた。なんとなく不安な気持ちに襲われ、鞘《さや》からナイフをぬいた。一方で、ひょっとすると、火事場からひきあげる近所の者かもしれないという淡い期待を抱いた。

そのとき、棍棒をにぎったナポリオンが襲いかかってきた。

「これでもくらえ《ティアン》。これでもくらいやがれ《ティアン》」

メネヒルドは動作を起こすひまもなく、したたか頭をなぐられた。うつぶせに柔らかな地面にたおれた。ナポリオンに何度も棍棒でなぐられたせいで、メネヒルドはぴくりともしなかった。

「どうだ、思い知ったか《サ・タプランドラ》……」

池では、ヒキガエルが無数のブリキ製のマリンブラ〔カリブ海文化圏の打楽器。ふつうは木製でカホンに似ている。カホンでいえばたたく側に、さまざまな長さの薄い金属板が上下対象に並んでいる。共鳴用の穴がある。指先かバチで鳴らす〕をかなでていた。

24　治療（b）

メネヒルドは、両こぶしでこめかみを押さえながら、夜明けに家にたどりついた。工場の騒音が耳につき、体じゅうが痛かった。まるで腰のあたりに、太い鉄線を突き刺されたかのようだった。顔や胸、それに両腕にべっとり血と泥をつけたメネヒルドは、自分のベッドのそばまでくると倒れこんだ。家族全員がうめき声を聞きつけ、目をさました。メネヒルドは、みじめな意気地なしになったような気がした。これですべてがオジャンになった。このままくたばるんだからな。

「ああ、母さん、死んじゃいそうだ。殺されるような目にあったんだよ、おれ……」

サロメーは髪をかきむしり、悪態をつき、泣きじゃくると、聖ラサロ像の前にある三本のろうそくに火をつけた。

「可愛い息子メネヒルド、こんなひどい目にあうとは。これじゃ命の火が消えちゃうよ」

サロメーは、ベルアーを呼びにいくからね、と言った。そしたら、殺そうとしたやつらが四十日以内にくたばるように、呪《エンボー》いをかけてくれるよ。聖カリダー・デル・コブレ〔キューバ国の守護聖母。教会は、キューバ東部の都市サンティアゴ・デ・クーバ近くのエル・コブレ村に立つ〕のお助けもあることだし、そいつらは生きたまま蠕虫《ぜんちゅう》に食われて、体じゅうが食いあとだらけになるんだ。それに、獰猛《どうもう》な蟻も群がるから、どのみち口から泡をふいて、もだえ死ぬにちがいないよ。

小屋の中は、オルガンが鳴り出したような悲鳴につつまれた。メネヒルドの兄弟が胸も裂けよとばかり泣きじゃくったので、前庭にいる家畜は一匹のこらずぎょっとした様子を見せた。弟妹の顔には、刺青《いれずみ》にそっくりな涙のあとができた。片脚をいためた豚が家の中に入りこみ、傷だらけのメネヒルドの前まできて止まった。けれども、ただならぬ気配におびえ、急にきびすを返すと、あわてて三本脚で退散した。小屋の片隅では、飼い犬のパロモが黄色い目で家族が泣きくずれるのを見つめている。ただ鶏《にわとり》だけが平然として、台所のゴミ箱にくちばしを突っこんで餌をあさっていた。

昼頃、ベルアー爺さんがやってきた。爺さんは、陽の光はメネヒルドの〈血を騒がせる〉ことになるから、なるべく陽射しから遠い、小屋でいちばん暗い場所に寝かすんだ、と言った。家の中は静まりかえった。

魔術師は、イファー神〔占いの神。オバタラー神の息子〕の首飾りを三回、空中に投げ、半分に切った十六個のマンゴーの種がどんなかたちで落ちるか調べた。イファー神の種から育った椰子の数が十六本なら、オルンガン神〔イファー神崇拝と密接な関係にある男神。オリシャビ神の夫〕が聖なる農園で収穫した椰子の実も十六個だったのである。やがて、将来、人間がたどる運命をオルンガン神に教えたのは、それら十六個の実にほかならない。ともかくも、首飾りが曲線を描いたとき、いくつが天を指し、いくつが地を指すかによって、病人が亡霊と悪しき前兆の世界につづく道をひきかえすことができるかどうかが決まるのだ。メネヒルドはゆっくりと死に向かってすべり落ちてゆく。けれども、イファー神の占いによると、すべり落ちているメネヒルドの体はやがて停止し、夜明け以来、隠れた力どうしが口喧嘩をしている場所をとりもどすはずだった。それを知った家族はほっと胸をなでおろし、賢い祈禱師にひとしきりお礼の言葉をのべた。そのあと、血まみれの患部に蜘蛛の巣がはりつけられ、体じゅうにまんべんなくボア蛇の油がぬられたので、メネヒルドはぐっすり眠った。

午後になると、見舞い客が姿を見せはじめた。まず、メネヒルドの伯母たちが亭主とともにたくさんの子供をひきつれてやってきた。サロメーの姉妹たちは、魚のように子だくさんだったのである。つづいて、いとこや友だち、知人だけではなく、野次馬や赤の他人までがどっと押しかけ、長蛇の列をつくった。誰もが、なんの気がねもなく大声でしゃべった。コーヒーが配られると、メネヒルドと似たような目にあったとき、効果のあった薬草や、悪魔祓いの療法を思い起こし、どうすれば治るか取りざたした。けれども、見舞いにかこつけて、ひまつぶしにきた連中ばかりだったので、とんでもない冗談を言ったり、根も葉もないうわさをでっちあげて愉しんだ。パウラ・マチョは、前庭のあたりをうろついていたが、誰ひとり中に入るように声をかける者はいなかった。サロメーがすごい形相でにらみつけたせいで、〈バチ当たり女〉は姿を消した。夕暮れどきになると、見舞い客はこれで義理は果たしたといった様子でひきあげていった。

日もとっぷり暮れた頃、巡査が事情聴取のためにやってきた。ウセビオは、なあに大したことじゃありませんよ、息子のやつが荷車にひかれただけなんですよ、そう言って追っ払った。クエー家の者は、警察や裁判所というのは、七面倒なことをする連中が考えだした、なんの役にもたたない代物にすぎず、ものごとをややこしくしたり、まともなことを言う貧しい人間を虚仮《こけ》にするものだ、と思っていたが、まさにそのとおりだったのである。

25　神話学

青い文字が刷られた麻袋《ドンゴロス》にくるまり、脂汗をかいたメネヒルドは、真っ暗な小屋の中でうつけたように目をひらいた。心臓が鼓動するたびに、鞭で打たれたような頭痛が走った。これじゃ、重傷の駄馬も同然だな。それにしても、あのハイチ野郎の棍棒は骨身にこたえたな。天井の椰子の葉のあいだで、コオロギが脚をすりあわせて鳴いている。アンドレシートとルペルト、それにアンバリーナは派手な寝息をかき、サロメーは夢の中で愚痴をこぼす。外の畑では、かすかに揺れるサトウキビが、月から降りてくる夜露にむかって茎を伸ばしていた。

喉がかわいたな。家の入口に三角形が描いてあり、水の入った樽が影を落としているはずだ。だけど、あの水はボウフラがわいてて、飲めたもんじゃない。やはり、ブリキの水差しをさがさなきゃ。水差し《ハーロ》に、荷車《カーロ》に、泥《バーロ》か……。今のおれは、手でビアハカ〔三十センチほどの淡水魚〕がつかまえられる日照りの頃の、干あがった沼の底の泥みたいなもんだ。いや、ちがうな。今はサトウキビ取りいれの時期だから、沼はきれいに澄んだ水でいっぱいになっているだろうな。それも、ひんやりと冷たい水、まちがいないね。そうしたことは、牛どもがいちばんよく知ってるから、鼻づなや頸木をはずしてやると、荷車をはなれた〈黄金の粒〉と〈宝石〉は、棒でつつかれる心配もなく、沼の岸までいって、灯心草のあいだから鼻づらを水に沈めるんだ。メネヒルドも片手を近づけてみるが、しだいに大きくなって水面に映り、ゆがみはじめる。そして、手がドボーンと音をたてたので、鳥が飛びたつように、突然、沼が逃げていった。

「ああ、聖ラサロよ」

疥癬病みの二匹の犬がなめている傷だらけの聖ラサロは、松葉杖で体をささえながら、家の戸口の内側にかけてある聖画の中から、夜っぴておれを見守ってくれたにちがいない。彼のそばに、聖霊に食わせるために小さいパン、それと〈聖テレサの小さいろうそくの火〉が燃える油入れの椀がおいてあるはずだ。病める者を助けてくれる聖ラサロ、あるいはババユー・アイエー〔ババルー・アイエーとも言う。聖ラサロと同一視されるヴードゥー教の病気の神〕よ。そういえば、ババユー・アイエーの祈りをとなえれば、いろんな病気の治し方がおぼえられるんだったな。たとえば、頭の上で椀を十字形に動かすと、日射病が治るし、ボア蛇の皮でつくったベルトをしめると、腹痛がおさまる。それから、呼吸困難になったら、元旦の夜に切りとっておいた乳香樹の幹を切りきざめばいいし、熟れていないマンゴーの実を食べて下痢をしたら、背中の皮をひっぱればいいんだ。病人が治るかどうか占うために、巻き貝を空中に投げあげるけれど、そのとき、白人がおのれと同じ白人だと思いこんでいる黒い聖者が、巻き貝の描く魔術的な線を見守っている。おれの家族だったら、すべての聖者が見守ってくれていることを誰もが知っている。メネヒルドは、サロメーがつくった祭壇に並んでいる、彩色された石膏製の聖像を拝みたくなった。十字架にかけられ、喉のかわきに苦しむイエズス・キリストよ、あなたは両性をそなえたオバタラー神であり、万物に命を吹きこみ、星々をちりばめた天蓋をひろげ、雲を川にはこび、馬に金色の目隠しを、ヒキガエルの喉に金属の櫛をつけ、ひとの首に紫色の絹のスカーフを巻きつけてくださいます。聖バルバラ、あるいはアフリカのシャンゴーよ、あなたは雷と剣と冠塞《かんさい》の神ですが、女神だと勘ちがいしている者がおります。聖カリダー・デル・コブレよ、あなたは心やさしいオチュム〔オチョンともいう。ヴードゥー教の黄金と性の神〕であり、子供はいないけれど、シャンゴーの妻であります。憎しみのファン、インディオのファン、奴隷のファン〔「三人のファン」といわれるクレオール民間神話に登場する人物たち。カルペンティエールが台本を書いた喜歌劇『マニータ・エネル・スエロ』（一九三一）に取りこまれている〕は、あなたが半月に乗って、波の打ちよせる小舟の上に出現されたのを目にしました。そのとき、あなたはこういわれたのです。《わたしの大いなる力を信じる者は、突然死に見舞われることもないし、狂犬病にかかった犬やほかの剣呑《けんのん》な動物に咬まれることもない。それに、たとえ女子がひとりでいても、死者の幻影や亡霊《コサス・マラス》にあうことはないから、恐れるものはなにひとつない》。そうか、亡霊か。亡霊なら、メネヒルドも見たことがあった。冷たい手をし、喉がないのに話ができ、目がないのにものが見える亡霊は、よくひとのまわりをうろついているからだ。ある晩、かつての砂糖工場跡にいったとき、姿を見たわけではないが、亡霊の存在を肌で感じた。身の危険をおぼえるようなものにつきまとわれた場合、〈主よ、鯨の体内からヨナを救いだされたように、外敵からわたしをお守りください〉という天然磁石の祈りをとなえればすむけれど、亡霊が相手のときは命を張った戦いにならざるをえないんだ。もの知りのベルアーが住む家の屋根には、仔山羊の角の頂華《ちょうげ》が立っている。そのせいで、ベルアーだけはうまく亡霊をあしらっている。ただベルアーは、農夫のエシューからもらった三本の鉄の杖だけではなく、虎猫の皮や海亀の甲羅ももっているし、十四人の助聖人の祈りも知っていれば、双子《ヒマーグアス》の神像までとりそろえているんだから、完璧だ。顔に留め針のように細い目がついたその黒い像は、ふたつの首がひもでくくられ、ぴかぴかに磨きこまれている。その像があれば、なんだってできるんだ。亡霊《コサス・マラス》と煉獄に堕ちた魂《アニマス・ソラス》は、根はひとつのものである。嫉妬深い女が、これから旅立つ恋人に浮気の虫がつかないようにするために、ベルアーのもとを訪ねてくると、爺さんは、まず秘密の愛液入りの水を口にふくみ、そのあと戸口の外にランプをともしたまま、真昼と真夜中につぎの祈りをとなえなさい、と教えた。《煉獄に堕ちた魂よ、誰もおまえを呼んでいないけれど、わたしは呼んでいる。誰もおまえを必要としないけれど、わたしは必要としている。誰もおまえを愛していないけれど、わたしは愛している。おまえは地獄に落とされた以上、天国には昇れない。だから、いちばん速い馬にまたがり、橄欖山《かんらんざん》〔旧約、新約聖書にたびたび登場するエルサレムにある山。旧約のゼカリア書では、最後の審判の日に神が立たれ、死者がよみがえる場所とされている。そのため墓地が作られている〕までいって三本の枝を切りとり、なんのなにがしの腹に突き刺せ。そうすれば、なんのなにがしはいつものなんのなにがしではなくなる。どこにも泊まれないし、椅子に座ったり、テーブルで食事をしたり、ベッドで眠ることもできない。それに、そいつと話すような黒人女も、白人女も、混血女も、中国人女もいないし、狂犬病にかかった犬のように、わたしを追いかけてくる女もいなくなるのだ》。

「ああ、聖ラサロよ」

　メネヒルドは黒い穴に落ちてゆく。なにかにつかまろうと必死になると、ちょうどうまいぐあいに釘が見つかった。釘にはふつう、トウモロコシの藁でつくったネクタイがむすんであるものだけれど、そのときは、ベルアーが魔術に使う小道具のようなものが目に入った。というか、釘に加えて天国の石と鎖があったのだ。ベルアーの家の戸口にも、鉄の鎖がおいてある。いちど、ベルアーは危険が身にせまったとき、金の鎖で魔術をおこなったが、手並みがあまりにもみごとだったので、鎖が蛇そっくりにとぐろを巻いて敵を威嚇したのである。その鎖は以前、街道筋を荒らしまわる強盗〈白いスペイン人〉の手にわたったことがあった。けれども、増水した川をわたるとき、鎖を失くした強盗は、数時間もしないうちに、地方警察の巡査にモーゼル銃で撃ち殺された。ともかくも、鎖の魔術というのは、小石をいっぱい入れた椀、ビーズ玉でつくったロザリオ、ツチハンミョウからとった媚薬《びやく》の粉、そして月夜に首を切り落とした黒鶏《くろにわとり》の羽を使っておこなわれるが、それは、ベルアーが、邪眼の犠牲になったキ印《じるし》のカンディータの胸から、三ダースの留め針、何匹ものヒキガエル、耳をもがれた猫を取り出したときのことを思い起こさせた。

ルクミー人に殺《や》られた、
哀れなキ印のカンディータよ。
カンディータはわたしに服をくれた、
カンディータはわたしになんでもくれた。

けれども、キ印のカンディータは、ルクミー人ではなく、サムエルという名のジャマイカ人の小分隊長に殺されたのである。もっとも、サムエル自身が手にかけたわけではない。黒人サムエルは、小さい天窓の柄がいっぱいついた青シャツを着ており、アメリカ人のように早口でしゃべった。サムエルのベッドのそばには、東方の三博士が聖母マリアと幼子イエズスに跪拝《きはい》する情景を描いた宗教画があった。聖母マリアは、仕立てた長い白の服をまとい、先のとがったパンプスをはいていた。東方の三博士は、フロックコートを着て、山高帽をかぶっている。星のゆくえをたどったバルタザールの顔だけが真っ白に変えられていたけれど、ほかのすべての聖者は黒人だった。そんな絵を見たひとがいるだろうか。周知のとおり、イエズス・キリスト、聖ヨセフ、聖女たち、聖ラサロ、聖バルバラ、そして天使たちは、もとは〈黒い皮膚の〉神々なのである。この世では、白人にしておく必要があるので、そのように描かれているにすぎない。さて、サムエルがさきほどの絵をキ印のカンディータに贈ったので、ルクミー人がねたんだ。話では、ある日、ルクミー人はかっとなり、キ印のカンディータに呪いをかけたらしい。コーヒーカップに薬草の粉をいれたんだろうか。それとも、土鍋に甘口の葡萄酒少々と牝鶏の足をほうりこんで、黍《きび》とまぜたんだろうか。ともかくも、ベルアーが呪いをといてやる前に、キ印のカンディータが四本のろうそくにかこまれ、死の床に横たわっていたことだけはまちがいない。亡くなったカンディータはキ印だったけれど、どうか安らかに眠ってくれますように。カンディータは生前、あの呪われた宗教画をもってほんとうの聖者のお通夜にいき、祭壇と列席者全員に災いをばらまいたことがあった。皮肉なことに、自分が最初の犠牲者になってしまった。つまり、太鼓の革をやぶった山羊は、みずからの皮でつぐないをしなければならないのである。

「ああ、聖ラサロよ」

喉がかわいたな。真夜中まで焼けつくような陽射しが照りつけているようだ。まさか、近くのサトウキビ畑が燃えているんじゃないだろうな。大王椰子が火の粉を飛びちらせているので、椰子の団扇で払っているやつがいるんだ。無数の煙が柱のように立ちのぼり、マホガニー色の雲の天井をささえているのかもしれん。母さん、母さん……。

アンドレシートはいびきをかき、アンバリーナは夢を見ている。ルペルトは緑色の目をした蜘蛛にいじめられ、ティティは山羊に変身してゆく女を目のあたりにして、うなされている。サロメーは夢の中で愚痴をこぼした。ルイ爺さんは、ファン・マンディンガやむかしの親方のことが頭に浮かび、声も出せず震えあがっている。外では、飼い犬のパロモが狂ったように吠える。うす汚れたヒメコンドルよ、羽を十字形にひろげてくれないか。

「ああ、聖ラサロよ」

26　黒いアントニオ

「まったくしょうがない子だよ。どうしようもないね」

　けがが治りかけると、メネヒルドは家の軒先でつぎつぎとサトウキビをしゃぶってすごすようになった。見かねたサロメーは、飽きもせず同じ愚痴をこぼした。たしかに、メネヒルドはどうしようもなかった。なぜか口をつぐんで肝心なことはしゃべろうとせず、家族の思いとは裏はらな態度ばかりとっていた。すぐいらだったサロメーは、まるで話のネタを聞き逃がしてはほぞを噛む、口さがない女のようだった。あたしがお腹を痛めてここまで育てあげたのに、これじゃ、このあいだ何があったのか代母にくわしく話せやしないじゃないか。メネヒルドはとってつけたような話はしたが、それでは、爺さんやウセビオ、それにサロメーは言うまでもなく、その頃はすっかりおませになったアンバリーナさえも納得した顔にはならなかった。通りすがりの見知らぬやつになぐられたんだって。夜道は暗かったので、相手の顔ははっきり見えなかったんだって。相手の心あたりはまったくないんだって。ふん、まぬけなやつだったら、そんなつくり話でごまかせるだろうけれど、ふつうの人間なら鵜呑みにするやつはひとりもいないよ。メネヒルドが襲われた夜明け以来、このようにぎくしゃくした空気が家じゅうに流れていた。家族は食卓につくと、かっかした表情で食べものを口にはこんだ。子供たちは、大人の顔色をうかがいながら、こんなことを考えていた。このところ、メネヒルドったらずっと上の空で、ひとには言えない隠しごとをかかえているようだ。おれたちは大人にやさしくしてもらいたくてうずうずしてるというのに、そうはならない。メネヒルドのせいだろうな。けれども、兄弟はメネヒルドの体の具合が気がかりだったので、まともに不満をぶつけるようなことはせず、やんわりと言葉のはしばしに匂わせるだけだった。

　そうした状況がつづいていたある日、近くの都会から砂糖工場のある町に、パンテーラス・デ・ラ・ローマという野球チームが遠征してきて、サン・ルシオ砂糖工場ナインを完封でくだした。試合終了後、二時間たった頃、勝ったチームの派手な帽子をひけらかすようにかぶった、ずるがしこそうな、丸顔の、小柄な黒人が、ふらりと小屋を訪ねてきた。

「まあ、アントニオじゃないの」とサロメーが声をあげた。

　幼い頃からメネヒルドのあこがれの的だった従兄《いとこ》が、クエー家のあばら屋をわざわざ訪ねてきたのである。ルンバの踊り手でマリンブラの弾き手のアントニオは、政治にも首を突っこんでおり、現在、住んでいる地区のさまざまな委員会を動かしていた。当選をめざす民主派の大物候補《ペスカオ・ゴルド》が、ばんざいと叫んでくれたら、一ペソ出そうといった話をもちかけるたびに、まっさきに駆けつけた。アントニオが子供だった頃、金持ちの農園主がひねこびたところがある彼を気に入り、都会につれていった。そこで、黒いアントニオは、タマル〔トウモロコシの粉と豚肉で作った食べもの〕売りの男からくすねた缶詰の中身を売りさばき、すぐにひとり立ちした。そのもうけを元手に、タマリンドの果肉をあつかう商売に手を染め、ついには中央公園をとりまくアーケード下で、お客用のひじかけ椅子を借りて、靴みがきをなりわいとするまでになった。今が、人生でいちばん脂が乗りきったときだった。アントニオは、秘密結社ニャーニゴの会員であり、選挙運動員であり、中国人がもちこんだチャラーダ賭博のクルーピエ〔カードを配ったり、賭け金を集めたりする係〕であり、十ペソか二十ペソなら、すぐに貢いでくれる愛人がいた。やれ景気がよくないとか、やれ農夫は小屋の片隅で空きっ腹をかかえているとか、そんな話を耳にすると、アントニオがせせら笑ったことは確かだった。だったら、ほかの者が一ペソ半の日当がある出稼ぎにいけばいいじゃないか。ロセンドの霊に守られていたアントニオは、〈金さえ出してくれたら〉どんな政党であれ、自分がなくてはならない存在になる術《すべ》を心得ていたのである。〈何をやらせても〉黒いアントニオにかなうやつはいない、ともっぱらの評判だった。

パンテーラス・デ・ラ・ローマの遊撃手シオールは、ことのほか機嫌がよかった。午後の試合で快打を飛ばし、ダイヤモンドを十二秒で一周したあと、もののみごとにホームスライディングをやってのけたのである。アントニオは、伯母と、それから紹介されることになる親戚の連中のために、甘口の葡萄酒を手みやげにもってきた。家の軒先の中央にあった椅子にゆったり座ると、そうそうたる顔ぶれが登場する話をまくしたてたので、クエー家の者は驚きの目を見はった。それにしても、よく舌のまわる黒人だった。やがて、思いきり聞き手をうならせることにも飽きたのか、野球帽をきちんとかぶりなおすと、チームのメンバーがどうしているか気になるので、そろそろ町にひきあげなくっちゃ、と言った。いっしょにこないかと誘われたメネヒルドは、うれしそうな表情になり、ついていこうとした。

「だめだよ、まだふつうの体じゃないんだから」とサロメーが横やりを入れた。

「もうなんともないよ」

「夜気にあたると体に毒だからね」

「だいじょうぶだって言ってるだろう、母さん」とメネヒルドはきっぱり言った。

黒いアントニオとメネヒルドは、砂糖工場のほうにつづく道をたどった。しばらく黙っていたが、やがて従兄が大きな声でこう切りだした。

「おい、メネヒッド、おれは今朝やってきたばかりだけど、話はきいたぜ。ひょっとすると、おまえよりくわしくなったかもしれんな。パウラ・マチョとかいう、いつもハイチ人連中とつきあってる女をつかまえて、サロメーの家はどこかって訊いたら、問わず語りに棍棒事件のことをぺらぺらしゃべったんだ。なんでも、若妻にちょっかいをだしたのがバレて、亭主に袋だたきにされたそうじゃないか。よくある話だけど、こいつはヤバイことになるぜ。だって、そうだろう、ぶっ殺したはずのおまえが、ぴんぴんしてるってわかったんだからな。酒をひっかけるたび、おまえの腹わたをひきずりだして、モツ料理にしてやるって豪語してるらしいぜ」

メネヒルドは、黒いアントニオに啖呵《たんか》をきって見せた。

「あの野郎め、図にのりやがって。今度あったら、土手っ腹にナイフをぶちこんでやるよ」

「そんなことしてどうするんだ。豚箱に放りこまれるのがオチだぜ。おれは黒いアメリアの娘を手ごめにしたのがバレて、一年八カ月と二十一日のあいだ、くさい飯を食ったことがあるんだ。だから、ムショがどんなところかよく知ってる。あそこは食いものはまずいし、見張りは厳重なうえに、どっちをむいても四角い空しか見えない。ムショなんてもうこりごりだぜ。要は、そんな女、棄てるのがいちばんだ。女なんてほかにいくらでもいるじゃないか。このあたりは、べっぴんが多いそうじゃないか、代わりをさがすんだな。きっと可愛い娘ちゃんが見つかるだろうよ。ここはひとつ先輩の言うことをきいて、ハイチ野郎に喧嘩を売るようなマネだけはよせ」

「彼女を棄てるわけにはいかないよ」とメネヒルドは答えた。「こっちも夢中なら、むこうだって夢中なんだ。敵がハイチ人だろうが、アメリカ人だろうが、中国人だろうが、グアンタナモやコブレからきた野郎だろうが、ビビりゃしないよ」

「じゃあ、好きにすればいいさ。おれにかまうことないぜ。だけど、いっとくが、ハイチ野郎だけはゆだんするな。まだすったもんだやらかすつもりなら、男らしく度胸をすえてかかるんだな」

「それだけはいつも気をつけてるよ」とメネヒルドが言った。

ふたりが町に着いた頃は、すでに日が暮れていた。

27 政治学

馬をつなぐ場所には、キューバ反乱軍がスペイン軍に放った砲弾であけた穴がところどころに見られるものの、包囲戦にも耐えられる頑丈な石積みの塀があり、つるつるした小石を敷いた地面に青い支柱が立っていた。黒いアントニオとメネヒルドは、大胆にも二つの鞍と八本の脚のあいだに入りこみ、居酒屋の中をのぞきこんだ。中では、従兄のチームメイトが友だちやファンにかこまれ、午後の試合に勝ったお祝いをしている。

「よう、やってますね」とアントニオが声をかけた。

「おう、やっとおいでなすったな」

仲間は満面に笑みを浮かべながら、その日のヒーローをむかえた。その夜ばかりは、ドミノ遊びをしようと言いだす者はいなかった。それぞれが長椅子や木の箱、あるいは袋の上に腰をおろし、思わず身をのりだすような面白い選手の話に聞き入っている。蜘蛛の巣でくっつけたように見える板張りの天井からは、山刀の鞘、犂《すき》の刃、スウィフト・ハム、小鍬《ぐわ》、イリノイ産のサラミふうソーセージがぶらさがっていた。アントニオがきたので、乾杯をやりなおそうと思った仲間は、口々に酒をくれと叫んだ。風邪をひいたとき以外、ラム酒を飲んだことがないメネヒルドは、下剤でも嚥下《えんか》するようにグラスをあけた。その日の試合で、投手が打者を一塁でタッチアウトにしたことや、砂糖工場チームの強打者をカーヴで三振にうちとったことで話はもちきりだったけれど、やがて話は政治のことに移った。今度の選挙では、〈牡鶏と犂〉〔自由党の旗印〕に投票するんだという者がいる一方、いや〈リボリオと星〉〔保守党の旗印〕か、〈コトーラ島党〉〔アルフレード・サヤス率いる民主党の旗印〕のほうがまだしも信用できるという者がいた。じっさいには、選挙戦は、〈四匹の猫を飼う中国人〉〔一九二一年から二五年までキューバ大統領を務めたアルフレード・サヤスを指す〕と〈鞭にものをいわせる大統領〉〔一九一三年から二一年までキューバ大統領を務めた保守党のマリオ・ガルシア・メノカルを指す〕、それに〈パナマ帽をかぶった鮫〉〔一九〇九年から一三年までキューバ大統領を務めた自由党のホセ・ミゲル・ゴメスを指す〕の三人のあいだでくりひろげられていた。巨額の資金、銀のしずくが飛び散る浴槽、鞭、あるいはふた張りの小太鼓が、それぞれの次期大統領候補がどんな人間かを絵文字のようにありありとつたえている。神話学的に選挙を見ると、言葉をしゃべる動物や、票をかきあつめる魚、それに投票箱を盗みだす鳥がそろっており、まことにイソップの寓話の世界に彩りをそえること請け合いであった。アントニオは考えこんだ。けっきょく、上流階級とじかに接する手段としては政治しかないが、どの候補も当選してしまえば、当然のように投票してくれた連中の期待を裏切りやがる。また、国内の景気は毎年、悪化の一途をたどり、サトウキビの売れゆきが落ちているのも事実だ。けれども、一方で、真っ白な綾織りの背広を着て、棍棒をふりまわす三人のボディーガードをつけた、先生《ドクトル》の存在を抜きにしては、キューバの将来は考えられんな。自由党、保守党を問わず、先生は票あつめのために景気よく金をばらまいてくれるからな。

酒がなみなみとグラスに注がれる。酔いがまわると、メネヒルドはいい気持ちになり、舌の動きもなめらかになった。トウモロコシの袋にもたれ、選挙のときの不正をめぐるさまざまなこぼれ話に耳をかたむけているうち、《どんな手口でもかまわぬから票をあつめるように》という任務をおびて送りこまれた、プロの殺し屋の姿が思い浮かんだ。そういえば、再選挙になったとき、兵隊どもが山刀の峰の部分で敵側の有権者をめったうちにしている光景を見たことがある。それに、当局は、手数料をとるとき以外、ふだんは見むきもしないくせに、納税したことを示す鑑札がついていないという口実をつけて、馬で反対派に投票に行きそうなすべての農夫の馬を没収したけれど、あれはインチキもいいところだったな。世論はちゃんとした方向に導かないといけない。

メネヒルドは、町で政治家のパーティーがあった日のことをおぼえている。紙でつくった花飾りが軒づたいにつるされ、家々の玄関には棕櫚《しゅろ》の葉が飾られていた。何種類もの花火があがり、祝砲が鳴りひびいた。デシマ〔キューバ農民の歌〕のような雰囲気で講演をもりあげようと、演壇前にはコルネット、コントラバス、ギーロ、ティンバルからなるチャランガ〔少数楽器編成の庶民のバンド〕がひかえている。そうした中で、候補者は、あなたがたは刺繍入りのグアジャベーラ・シャツをカッコよく着こなし、山刀をかざして突進し、聖なる椰子の林に国旗をひるがえらせた実績があります、と雷のような声で聴衆をほめちぎりながら、長口舌をふるった。キューバ農村の未来については、明るい青写真をえがいてみせた。たとえば、やせ馬はまるまると太り、貧しい者は食いものに困ることはなくなり、牛はきびきびと動くようになり、誰も黒人の皮膚の色を気にすることはなくなるだろう、といったぐあいだった。要は、調和のとれた、なんともめでたい帝国が生まれるというのである。選挙公約らしきものは欠落しており、陳腐な決まり文句をならべてお茶をにごしていた。ひとを小ばかにしたような単純なスローガンで間に合わせることもしょっちゅうだった。あるとき、民主主義的な精神をこめたつもりで〈徒歩で〉というスローガンをうちだしたが、敵側陣営が折から発表した〈馬で〉というスローガンと張りあうことになったが、どうしてそうなったか理由ははっきりと摑めないままだった。入札で最高値をつけた者に、キューバ共和国を売り飛ばするときがくるのを虎視眈々と狙っていた演説者たちは、堂々とたわごとを並べ立てた。一分ごとにマセーオ〔アントニオ・マセーオ・グラハーレス。一八四五—九六。キューバの将軍。独立戦争で活躍した〕やマルティー〔ホセ・マルティー。一八五三—九五。キューバの革命運動推進者。詩人、作家としても高名〕の名前をひきあいにだし、瀑布と見まがうような大言壮語の弁をふるって、やすやすと聴衆の喝采をあびた。ひと味ちがった演説をしようと思った大学教授気どりの男は、ない知恵をふりしぼり、凝った古典的な比喩をつかったけれど、無理がたたり受けの方はさっぱりだった。残念ながら、《コロンブスの剣やダモクレスの卵》と言ったところで、誰ひとり面白がってはくれなかったのだ。演説の冒頭に《アボカド色の皮膚をした自由主義者たちよ》と呼びかけるような演説をした者は、かわいそうに端《はな》から見むきもされなかった。人びとが求めていたのは具体的な政策、噛みごたえのある理論だった。たとえば、こんなふうに、

〈牧童頭〉〔前出、マリオ・ガルシア・メノカル大統領につけられた綽名。在位一九一三—二一〕がやめる、
やめる、やめる、やめるぞ、
ほら、代わりに、中国人ことサヤス〔前出、アルフレード・サヤス大統領。在位一九二一—二五〕が、
野球のナシオナル・リーグをひっさげてやってくるよ。

ある政治家は、まず、アパパ語〔秘密結社ニャーニゴの儀式で使われる方言〕で書いてある名刺をくばり、そのあと、民主的なルンバをつくり、加入儀礼《ロンピミエント》をひらく自由を公約して、ニャーニゴ勢力の支持をとりつけようとした。その思いつきはまさに天才的で、代議士の椅子は約束されたようなものだった。《彼に投票するんだ》という声がいっせいにあがった。

　同志にかこまれ、腰に拳銃をつけた、二流どころの名士はひとりならず、おのれにあびせられる讃辞を聞きながら、愛する国民が歓呼の声をあげているので、これで生産性があがるかもしれんな、と考えた。煽動型政治体制のもとでは、乳牛の乳のしぼり方をわきまえていなくちゃならないんだよ。抜け目のない男は、もし《金を恵んでくれなかったら》、この会場の出口で石つぶてを食らわせてやるとおどし、政治家から数ドルせしめた。けれども、有権者から金品をねだられて、首を横にふるような候補者がいるだろうか。べつの候補者は、支持層をひろげるためにひらいたパーティーで、植民地時代からつづくコンガ〔通りをねり歩く仮装行列や踊りの伴奏をつとめるバンド〕の心意気をほめたたえるという奇妙きてれつなことを思いついた。そんなわけで、大事な集まりのときに、正面演壇に陣どっていたバンドが早めに演奏をはじめたので、聴衆がお祭り好きの本領をあらわし、波のようにうねって踊りだした。演説者はそれを見て茫然となり、彼の話は《アエー、アエー、ラ・チャンベローナ》〔キューバ自由党党歌の一節〕と歌う人びとのすさまじい大合唱にあっけなくかき消された。聴衆は、コンガの伴奏にのって、なりふりかまわず激しく体をくねらせながら、目抜き通りをねり歩いた。けれども、やがてひき返してくると、シャツのボタンをとめなおし、演説のつづきに聞き入った。

　そうしたお歴々が頭を使った行政をおこなったせいで、社会変動や倒産、金融界の汚職がたてつづけに起こり、うさん臭い取りひきが成立したことは確かである。梅毒を思わせる大土地所有者にむしばまれ、青春のまっ盛りに抵当に入れられたコルクの森は、水に浮かぶこともままならない長大な砂糖工場に変わってしまった。キューバ人の労働者や農夫は、砂糖工場を経営するアメリカ人に搾取され、低賃金の出稼ぎ外国人が押しかけたので首になり、すべての者からだまされ、当局からは裏切られ、貧困のどん底にあえいでいた。それでも、たまに食事ができるときは、食料雑貨店の壁にふんだんにこしらえられた水平な畝《うね》から収穫できるものを口にした。そこには、ニューファンドランド沖でとれた鰯《いわし》、恋愛小説の名前にあやかった缶入りの杏子《あんず》の実、ブエノスアイレスのバンドネオンの調べにのって塩漬けにされた牛肉、母国スペイン産の鱈《たら》、どこからきたのか素性の怪しい米などがならんでいる。ひなびたココナッツ菓子や小馬カステラは、人形をかたどったチューインガムの攻勢の前に、あっけなく退却させられた。キューバの農村では、外国産のくだものとはどういうものかわかった。清涼飲料の看板の中で熟れている光景が見られたからだ。オレンジ部隊〔オレンジ色のジャンプスーツを着た暴動を鎮圧する警察部隊〕は、ルーズヴェルトの思い出やリンドバーグの飛行機と同様、アメリカ帝国主義を喧伝《けんでん》する道具になりはてていたのだ。メネヒルド、ロンヒーナ、サロメーとその子供たちといった黒人だけが、アンティル諸島に共通する性格や伝統を熱心に守りぬいた。ボンゴが、ウォール街の進出を食いとめる防波堤となるよ。おれたちクエー家の者がうやまう聖霊だって、奉納用のパンの中にアメリカ産ソーセージをはさむのをよしとされるわけがない。マイエヤ〔キューバ人イグナシオ・ピニエロが作曲した人気のあるソンに歌われた人物〕の聖人たちに、ホットドッグを供えるなんてもってのほかだよ。

サイレンが鳴りひびいた。工場がひけたばかりの新しい顔ぶれが、居酒屋に姿を見せたので、親しく話していた連中の輪がくずれた。メネヒルドは、ラム酒を五杯もあおったせいで、気持ちが高揚していた。なんとなく笑い転げたり、女の体をまさぐったり、誰かと喧嘩をおっぱじめたりしたい気分だった。うずうずするうち、工場の煙突が目に入ると、むしょうに登りたくなった。それはそうと、ロンヒーナは今頃どうしてるんだろうか。袋だたきにあった晩以来、なんの音沙汰もないけれど。それに、あのナメた野郎はなにしてやがるんだろうか。もし今夜、姿を見かけたら、ただじゃすまさん。男らしいところをアントニオに見せる絶好のチャンスなのにな。そう悪態をつきながら、メネヒルドはそっとナイフの鞘に手を伸ばした。

メネヒルドは、数人の顔見知り《コノシーオ》といっしょに町を離れ、帰途についた。連れの者は、ほこりっぽい、でこぼこの道から枝わかれしている小径にぽつり、ぽつりと姿を消してゆき、メネヒルドひとりだけになった。むしゃくしゃしていたので、自然に足が速くなり、酔いにまかせてジャンプしながら走ったが、疲れは感じなかった。酔い心地はよかったけれど、腹の中は煮えくりかえっていた。小石をひろうと、樹に投げつけた。緑色がかった月が、坂道の果てに出ている。それは、広告の中で健康増進をうたっている強壮剤のようなものだった。そのとき、人影が月の上にかさなった。袋を背負っているぶんだけ、シルエットが大きく見えた。突然、病的といっていいほどの強い好奇心にかられたメネヒルドは、月の上を歩いているのが誰か確かめたくなった。

坂道をかけあがったので、明るい円の中に影がひとつふえた恰好になった。驟雨が降りだした。けれども、すでに夜露がおりていたせいで、椰子の葉をたたく雨音はくぐもって聞こえた。

28　男らしい男《エル・マチョ》

地方警察のふたりの巡査が、メネヒルドを逮捕したのは午後五時頃だったようである。

容疑は、意外にも、共産主義の宣伝活動をしたのでも、国家の治安をみだすような騒動を起こしたのでもなかった。

じつは、道路わきの溝で、ナイフで太ももを切り裂かれ、失血症で瀕死状態のハイチ人ナポリオンが発見されたからというのだった。

Ⅲ　都市

29　線路

　メネヒルドが地方警察の巡査につれられ、砂糖工場の小さな駅に着いた頃は、まだ盆地一帯に朝靄がかかっていた。メネヒルドは細長い板のベンチに腰をおろすと、手錠をかけられた両手を膝の上にのせた。ホームには人っ子ひとりいなかった。朝陽はゆっくり昇っている。ときどきライトをつけたままの蒸気機関車が、砂糖の監獄を思わせる貨車をひいて青い線路の上を通過していった。黒地に白で大きなイニシャルが書いてある、糖蜜かす運搬用タンク車が、いまは使われていない線路にとまっている。そのタンク車はむろん鉄製なのだが、どう見てもサルチーチャ〔ソーセージ〕にそっくりだった。アコーディオン状の肋骨をそなえた冷蔵車は、はるばるシカゴまで旅立つ時間を待っている。陽が昇るにつれて、ゴムホースや信号機がたくさん目に入ってきた。チェーンや鈎《かぎ》は、濡れた草の上に朝露をしたたらせながら、獲物をとらえようとしている。広告板には、飛行船でひっぱっても破れないというふれこみのズボンの宣伝が出ていた。絵の中で、襟がレースになった服を着た老婆が、更年期障害でおなやみの方には、植物性の混合薬が効果抜群です、と言っているのもあった。老婆は口ひげをはやし、鼻メガネをかけていた。きっと子供のいたずらにちがいない。

青信号が消え、赤信号が消えた。メネヒルドを護送するふたりの巡査は、カーキ色の太ももにモーゼル銃を横むきにのせ、静かにタバコをふかしている。メネヒルドは頭がぼうっとしており、なにも考えていないようだった。二日前に、巡査部長が尋問したときは、害者をおそったことをかたくなに否認した。最後になって、《あのハイチ野郎はおれをナメてやがるんだ》とぽつりと洩らした。けれども、それ以上は、事件について口を割ろうとはしなかった。そのあと、出されたシチューをむさぼるように食べていると、留置場の入口に押しかけ、泣きわめく家族の声が採光窓をとおして聞こえた。それから、素直に言うことをきくようになり、鼻づなをとられた牛みたいに、ひったてられるままに駅までやってきたのである。眠たそうな目をした駅員がきて、切符にはさみを入れた。やがて、乗客が姿を見せはじめ、にぎやかになった。まず、砂糖工場で園丁の仕事をしている日本人夫婦、ついで男ものの大きな麦藁帽をかぶり、カナリア色の靴下をはいたジャマイカ人の妊婦がやってきた。そのとき、一台の荷車が、竿秤のむこう側の線路を横切り、植えこみのあるキオスクのそばでとまった。そして、サロメーをはじめ、ウセビオ、ルイ、メネヒルドの兄弟がタコだらけの足で、それぞれに聖人の名前をとなえ、泣きじゃくりながらホームに押しよせた。巡査が気をきかして持ち場を離れたので、サロメーは息子に抱きついた。そのあいだ、子供たちは記念写真でもとるかのように、ベンチにならんで腰をかけていた。どうしてそこにつれてこられたのか、それさえ知らなかったのである。

「ああ、なんでだよ、ああ、なんでこんなことになったんだよ」

サロメーは、何度も同じ愚痴をこぼした。しゃくりあげるたびに涙があふれでて、黒い頬をつたって落ちた。ほかの乗客は、何があったのか、ことの真相が知りたそうな顔つきで愁嘆場をながめていた。そのとき、魚をとるタモ網を肩にかついだパウラ・マチョがあらわれたかと思うと、山羊みたいにジャンプし、枕木の山を飛びこえた。

「いやだね、縁起でもない、こんなときに〈バチ当たり女〉が顔を出すなんて」とサロメーはパウラの姿をみとめると、吐きすてるように言った。

けれども、パウラは足をとめようとはしなかった。彼女が近くをうろついているというだけで、サロメーは気が滅入った。ちょうどそこへ、こんなときに頼りになる黒いアントニオがにこやかな表情を浮かべてやってきたので、人心地つくことができた。

「叔母さん、めそめそすることないぜ」とアントニオは言った。「これでも、おれは都会では顔がきくんだ。サツの捜査係に友だちはいるし、ウニィータ議員とは知りあいなんだ。これから議員に会いにいって、メネヒルドがすぐにも釈放されるように掛け合うよ。ともかく、だいじょうぶだから。〈残飯あさりの野郎《コメ・エン・クボ》〉がナイフで〈スペイン国王〉をぐさりとやったときも、議員先生がみずから身柄をひきうけにいってくれたんだ」

「あんたのいうとおりになるといいけどね。ぜひ、そう願いたいものだよ」

古ぼけた二両の客車、それに昔ながらの球軸《たまじく》うけを使った機関車がすべりこみ、口ひげのかたちに蒸気を吐きだし、ホームの掃除をする。ふたりの巡査は、立ちあがらせたメネヒルドの体を涙にくれた母親の両腕からそっとひきはなし、客車にのせた。汽車は、まばらな乗客の背中をいきなりガタンとゆらすと、動きだした。家族が泣いたせいで、うしろ髪をひかれるような思いでホームをはなれたメネヒルドは、あとに残された身内がいるほうに目をやったが、すでに客車はホームの端を通過していた。そのとき、線路ぞいの有刺鉄線のむこう側に、忘れられないシルエットが立ちつくしているのが見えた。ロンヒーナである。ロンヒーナは、メネヒルドの目を食い入るように見つめながら、片手で自分の胸にさわると、はるかな地平線を指さした。けれども、そうした姿も、車窓から一メートルのところにそそり立つコンクリートの壁にかき消され、おのれの思いを伝えることはできなかった。

30 旅

《逃げるんだ《ウィエ》、サソリよ、鶏につつかれたらおしまいだ《アラクラン・ケ・テ・ピカ・エル・ガリョ》……逃げるんだ、サソリよ、鶏につつかれたらおしまいだ……》。メネヒルドの頭の中では、おんぼろ客車の車輪がそうせきたてているように聞こえた。汽車に乗っているだけで、自分でもびっくりするほど嬉しかったので、車輪の音にじっと耳をすませていた。子供の頃からひなびた村でのんびり暮らしたメネヒルドにすれば、こうして汽車に乗るようなことなるとは想像もできないことだったのである。おかげで、気分は萎《な》えていたのに、目を見張るようなことが相つぐうちに、少しずつ新しい環境になじんでいった。《逃げるんだ《ウィエ》、サソリよ、鶏につつかれたらおしまいだ《アラクラン・ケ・テ・ピカ・エル・ガリョ》……逃げるんだ、サソリよ、鶏につつかれたらおしまいだ……》。メネヒルドはひとりぼっちだった。むりやり家族からひきなされて、ひとりぼっちになった。謎につつまれた世界に足を踏み入れたのである。おのれの意志にそむいて行動するのははじめてだった。おれはしょっぴかれてゆく。サトウキビの収穫期になると、アメリカ人の現場監督や玉虫色の派手なネクタイを締めた連中が、やってくるけれど、ひょっとすると、あいつらが日頃、暮らしているところに連れていかれるのかもしれん。きっとそこには、七階だてのビルや、とてつもない大きな船、広びろとした海が横たわっているはずだ。空には、破れないズボンの広告で見た飛行船のような、タバコかなにかのかたちをしたアドバルーンがあがっているにちがいない。《ゆうべ、おまえがダンス《アノチェ・テ・ヴィ・バ》するところが見えた、ドアを開けたまま、ダンスしていたから《イランド・コン・ラ・プエルタ・アビエルタ》》。だけど、刑務所には開けっぱなしのドアなんてない。どうせ、また、棍棒でなぐられるのがオチだろうな。くさいメシを食ったことがある黒いアントニオの話だと、あそこは〈男の中の男《マチヨ・デ・ヴエルダー》〉が入るところで、中国人がもちこんだチャラーダ賭博をはじめ、福びき型賭博《ボリータ》などいろんなバクチがやれるからけっこう愉しめるぜ、ということだった。だけど、女をかどわかしたのと、男を殺しかけたのとは、いっしょくたにはできないからな。それにしても、なんであのハイチ野郎をナイフでめった突きにしたんだろう。ああ、酒さえ飲んでなけりゃ……。ああ、ロンヒーナのそばからどんどんはなれてゆく、このまま地球の裏側までゆくんじゃないか。すべてがオジャンになった。ああ、ロンヒーナ。このベンチはなんでこんなにコチコチなんだ。《逃げるんだ、サソリよ、鶏につつかれたらおしまいだ《ウィエ・アラクラン・ケ・テ・ピカ・エル・ガリヨ》……逃げるんだ……》。

汽車は、二、三の小さな駅や無人駅を通過し、ようやく平野の真ん中の乗り換え駅に着いた。コンクリートのホームには、木の枝や種が散らばっている。レヴァーや、陶器製のキノコのかたちをしたものがぎっしり並んだ、バラ色の小屋の日かげでは、数頭の山羊が草をはんでいた。警官たちは、メネヒルドを客車からおろした。ホームのコンクリートも、三人が座ったベンチの板も、強烈な陽射しにさらされ、熱くほてっている。ずいぶん待たされたけれど、いちばん近くの曲がり角からカッコいい汽車が姿をあらわした。黄色の車体に英語の文字がならんだ数両の客車をひっぱっている。メネヒルドは、こんなきれいな客車を見たことがなかった。メネヒルドが三等車に乗りこむと、ふたたびルンバのリズムにのって、前より速いテンポであの言葉が耳にひびいた。《逃げるんだ、サソリよ、おしまいだ、つつかれたらおしまいだ、鶏につつかれたらおしまいだ……》。

汽車は、うだるような真昼の熱気に穴をうがって走った。後方には、なま暖かい風がさかまき、うなりをあげる。目には見えない灼熱の太陽の火炎が、平野にも迫っていた。メネヒルドの萎えた気持ちが霧散しはじめた。いきなり新しい世界に飛びこんだのをきっかけに、一変した暮らしを愉しもうという気になった。一見、ものめずらしさをおぼえただけのようだった。けれども、そうではなく、ぼんやりとしながら、この抜きさしならない事態から、なにかつかもう思ったのである。メネヒルドの目の前にひろがる景色は、サン・ルシオ砂糖工場をとりまくものと大差なかった。サトウキビ畑が波うつように地平線のかなたまでつづき、大王椰子がそそりたち、林にかこまれた板ぶきや椰子の葉ぶきの小屋が建っている。それからも、椰子の木立とサトウキビ畑がひろがり、岩だらけの青い山並みがかすんで見えた。けれども、汽車がちがう谷間を走ったり、パンヤの樹が意外な場所にはえたりするだけで、メネヒルドの目には、すべてがびっくりするほど新鮮なものに映った。見知らぬ男が荷車でとおりかかるのを見つけたメネヒルドは、突然、こう叫んだ。

「おっ、すごい荷車じゃないか」

きらめく陽光をあびてどこまでもつづく緑の畑の真ん中に、すずしげな湖がぽつりとあらわれた。大きな水鳥が、水面近くで褐色の羽をはばたかせている。

「目のつけどころいいな。あそこなら、きっと魚《ビアハカ》がいるはずだ」

急に、それまでひろがっていたサトウキビ畑がとぎれた。収穫をしている最前線にさしかかったのである。大きな帽子をかぶった黒人が、サトウキビの汁がべっとりついた山刀をふるっている。まずサトウキビの根もとを切り、それから穂さきを落とすと、残った幹の部分をいちばん近くのサトウキビの山に投げるのだ。一、二、三……一、二、三……。

「どっちをむいてもまったく同じ眺めだな」とメネヒルドは驚いて言った。まるでタナナリヴ〔マダガスカルの首都アンタナナリヴォの旧称〕で、ロータリークラブでも見つけたかのようだった。

けれども、気がつくと、椰子の葉ぶきやタールをぬったシートぶきの、白と青の小さな家が、蜜蜂の群れのようにびっしりと汽車をとりまいていた。ウェスティングハウス〔ジョージ・ウェスティング・ジュニア。一八四六―一九一四。米国の工業技術者・発明家。のち総合電機メーカー名〕がつくった圧縮ブレーキから、深いため息が洩れた。蒸気機関車の鐘が鳴りひびき、あたりの煙が震えた。ひとでごった返す駅の構内で、車輪にブレーキがかかった。サンドウィッチやくだもの、新聞の売り子の声がきこえる。青い麦藁帽子をかぶり、銀文字で〈音楽万歳〉と書かれた、ヴェルヴェットのたすきをかけた音楽院の女学生が、首都からやってくる先生を出むかえにきている。闘鶏の飼育家は、ひげを切ったマレー種の鶏を手にぶらさげ、物ごいや浮浪者は、前歯に残飯の食べかすをくっつけていた。ドリル織りの白い服を着た農園主が、やせ細った農夫をしたがえ、子供を抱いた従姉《いとこ》の見送りをしている。そうした雑踏の中で、真鯛みたいな赤ら顔の政治家が、腰に拳銃のホルスターをつけた派手な恰好で一等車からおりると、みずぼらしい身なりの連中がいっせいに万歳三唱した。

　警官にわきをかためられたメネヒルドは、ひと混みをかきわけるように進んだ。ポンコツのフォードが一列に駐車してある通りをあとにし、さまざまな店がならぶ通りに入った。カフェ・ヴェルサイユの店さきには、ピラミッドのかたちに積まれたココ椰子が見られ、陳列ケースの中は蝿がたかっている。カフェ・ルーヴルの軒下は、すっかり靴みがきに占領されていた。〈三兄弟の〉金物屋の柱は、赤、青、白のキューバ国旗の色にぬりわけられている。そのあとは、服飾品デパートの〈東方の三博士〉やら、雑貨店の〈牡鶏〉やら、〈腕と頭で勝負《ブラソ・イ・セレブロ》の理髪店〉の真鍮のはさみやら、飾りの彫りもののオンパレードだった。〈親切ていねい《シンパティーア》な葬儀社〉の玄関には、すけすけのうす絹にくるまっただけの、みだらな感じの天使を描いた看板がかけられている。街角の屋台では、紅いマミーリンゴと数房のバナナのあいだで、三人の中国人が扇子をつかっているというぐあいだった。メネヒルドは、おしゃれな白人が目につくのに度肝をぬかれ、しっぽを三つ編みにした馬や、無数の車が、とてつもなく大きそうなこの都会の通りを走るのを見て、目を白黒させた。

「ママ、ほら、あそこに、黒人がつかまって、ひったてられてゆくよ」

そのあとも、それぞれ口調はちがうものの、似たような陰口がこだまのようにくり返しきこえた。

「黒人がしょっぴかれていくぜ、黒人のワルだな」

メネヒルドは思わず、唇を噛みしめた。ああ、そうだとも、おれは黒人で、しょっぴかれていくところなんだ。うしろには、裸足の子供が大隊のような行列をつくっている。けれども、うなだれたメネヒルドはふり返ろうともしなかった。ただ、カッとなったいきおいで自然と足が速くなった。その横顔はというと、どう見ても典型的なへそ曲がりにしか見えなかった。

31　鉄格子（a）

監視塔や櫓《やぐら》がそびえる都会の刑務所は、スペイン統治時代につくられたありふれた要塞を転用したものである。海辺の岩石が使われているため、癩病《レプラ》をわずらったように見える大塀の中には、石化した無数の巻き貝がふくまれている。いまでは無用の長物になった壕にかけられた跳ね橋をわたると、植民地時代からの歴代司令官の肖像画が飾られているだだっぴろい玄関にゆき着く。そうした油絵には、それぞれの司令官のやぶにらみの目をはじめ、梅毒におかされた顔つき、金羊毛騎士団〔一四九二年、ブルゴーニュ公国のフィリップ善良公が創設、のちにブルボン王家系のスペイン国王が団長をつとめた騎士団〕の記章を散りばめた胸、ロザリオや勲章、それに紋地と赤色によって分割された紋章が描きこまれていた。それらは、司令官がさまざまな煩悩の虜になり、国王のような特権をもち、信仰心の証しのスカプラリオを胸にさげ、いずれも変わりばえがせずにナポリ病《マル・デ・ナポレス》をわずらっていたことを物語っている。そうしたお偉方の足もとでは、そのときは、青色の軍服を着て、笑止千万な黒のゲートルを足にまいた衛兵がうたた寝をしていた。

いったん刑務所内に鍵のしまる音がひびいたら、丸いという観念は棄ててかかる必要がある。船乗りが知っている丸い蒼穹は、都会という歯で嚙み切られたあと、牢獄の建物の中でいくつもの明るい区画に切り刻まれ、ますます狭い長方形になってゆくのである。真昼前後に、太陽が図形幾何学の講義をひらくことになる中庭がいちばん大きな長方形なら、長方形の窓からのぞむべつの中庭も長方形だし、鉄格子によって升目状に区切られた窓、敷石、階段、曲線のない刳形《くりがた》、まっすぐ走る廊下、並行壕、截石法《せっせきほう》も同様であり、灰色のチェス盤もそうだった。刑務所は平面と断面、直角からできた世界なので、自然に、衛兵のかぶった楕円形帽や鍵穴、それに円形のシャワー口が際だつことになった。突然、広漠たる空がただの定理を表わす図形に変わってしまい、ときどきそこを鳥がすばやく横切り遠ざかっていった。刑務所の空は、東西南北に塀がそびえており、陸におおいかぶさるかたちをとりながら、乳房や車輪、羅針盤、回転木馬が自由の象徴になっている空とは異なるのである。

メネヒルドは、分厚い囚人名簿に署名がわりに十字を書いたあと、身体測定をうけた。すべての傷跡や鞍ずれの跡がたちどころにさぐりあてられ、体の各部が頭の寸法、虫歯の数にいたるまで驚くほどことこまかに記録された。さらには指紋と、正面と横からの写真をとられた。罪人をブタ箱に放りこむだけなのに、儀式めいた、こんなにややこしい手続きをふまなければならないとは、若者は思いもしなかった。困惑する一方で、これだけ特別あつかいをされると、内心まんざらでもなかった。いままでロンヒーナ以外で、おれにほんの一瞬でも気をつかってくれた者がいただろうか。ずっと、そんじょそこらにいるありふれた黒人でしかなかったし、サトウキビ圧搾の季節がくると、竿秤のそばに行列をつくるしがない荷車ひきにすぎなかったものな。けれども、そのときは体をさわり、体重を測り、写真をとってくれる者がいた。メネヒルドに敬意を表して、ラモン・カレーラスゆかりの大砲からは礼砲がとどろいた。ふつう、そうした大盤ぶるまいをうけるのは、なにか創始した者や金満家、あるいは予言者、盗賊にかぎられているのだが、メネヒルドが犯した罪の重さを考えると、そうした待遇をうけても不思議はなかった。つまり、ナイフを使う腕におぼえがあれば、ひとに言われたとおりに働き、投票をし、いずれ棺桶に入るために生きている、名もない庶民の境遇から抜けだすことも夢ではない。また、訴訟沙汰になるような決断がくだせる一匹狼として名をはせることもできる。もっとも、法律上は、称賛されるみごとなかたちで制定されたことに対して、誰かが反抗的な態度をとることは許されないので、当然、責任が問われることになる。ジャワの蘭の花のように見た目が妖しく美しい犯罪者は、細心の注意をはらってあつかわなければならない。でないと、頭の中で、好き勝手に運命の玉を転がしたあげく、仲間を巻きこんで危険な行動に走らせないとも限らないからだ。

メネヒルドは、トランキリーノ・モヤの家に飾ってあった、鉛筆がきの大きな肖像画を思い出し、無邪気にも、さっきとられた写真は、ここを出るときもらえるんですかと訊いた。すると、つぎのようなそっけない命令が返ってきた。

「十七番監房にぶちこめ」

衛兵は、メネヒルドを鉄格子がはまったホールの方向に押しやった。けれども、悠然として所内視察を終えようとしていた太鼓腹の三人の司令官に、道をゆずるためにすぐにひきとめられた。三人は毎週やってきて、法服や鼻メガネ、それに疣《いぼ》を見せつけながら、自分たちが、たわわな乳房をもった正義の象徴である女人像に代わる存在だということを示した。この女人像は、大理石製の秤の受け皿に蜘蛛の巣とほこりをためこんでいたし、制服を着たその落とし子たちはというと、マトラカ〔復活祭に鐘の代わりに使われる木製のガラガラ〕で労働者をなぐりつけ、デモをけちらし、勲章や階級章をせしめていた。

さらに、鉄格子があった。衛兵は、十七番監房をとりしきる牢名主グイティティオにメネヒルドをひきわたした。グイティティオは白人と黒人の混血の、ヘラクレスを思わせる大男であり、ナイフで害者の腹を切り裂いたせいで、長いあいだ臭いメシを食っていた。

「新入りだぜ……」

「よし、奥にあいた場所があるから、そこに入れ」

衛兵が扉に鍵をかけようとしたとき、牢名主がふり返った。

「あっ、そうそう、うっかりするところだった。このあいだのチャラーダの当たりは十三番だったからな」

衛兵は、がっかりした様子でこう叫んだ。

「ちぇっ、ツイてないよ、〈馬〉にかけたのにな」

32　鉄格子（b）

「ムショは男のためにあるんだから、まず暮らしになじむことだな」とグイティティオは言った。そのあいだに、〈セヴィリア野郎〉は、ギターをかき鳴らすマネをしながら、こうがなりたてた。

おふくろはびょういんんんんであの世にゆき、
おやじはしけいいいいいにされちまった。
姉貴はいんばいいいいい稼業だし、
おれさまはぶたばこぐらしししししのていたらく。

けれども、そのとき、クアドリーリャ〔マタドール＝正闘牛士、バンデリリェーロ＝銛（もり）打ち士、ピカドール＝馬上から闘牛に槍を刺す役で編成される闘牛のチーム〕が闘牛場に入場してきたので、こう歌った。

おれさまはアンダルシーシーシーシーア生まれの、
当代きってのとうぎゅううううしょ。

チャラーダ新聞でつくった飾り天蓋下の、ぴったり鉄格子によせたボックス席では、〈スペイン国王〉が催されている闘牛の主賓代表をつとめる。中庭の敷石に車座になった囚人たちは、ブルボン王家の出を思わせる品のある横顔をした詐欺師が、一頭目の闘牛の入場をうながす合図をするのを今か今かと待っている。闘牛役の〈黒い屠殺師《マタンサス》〉は、すっかり支度ができていた。角《つの》のかたちに二本の薪《まき》が突きだした、ボール紙の菓子袋をかぶり、うしろに頭をそらすと、モーと腹の底からうなり声を発し、いきおいよく闘牛場に飛びだした。中国人の黄武《ホアン・ウー》がバンデリリェーロ、伊達男のラダメスがマタドールを演じた。一頭目の闘牛がおわり、二頭目があらわれるまで間があった。その日、〈イタリア女王〉と綽名《あだな》がつけられた、アフリカ系の囚人だけを集めた監房の牢名主も、衛兵のはからいで中庭に出てよいことになっていたので、さんざんご託をならべたあと、〈スペイン国王〉の右側の席におさまった。白人と黒人の混血の〈イタリア女王〉は、山羊のような目をしている。闘牛は予定どおり進んだ。そのうち、ひとりのマタドールが牛の角にかかって倒れた。

そのあと、まだ七時になったばかりだったので、衛兵がチャラーダの結果を知らせにくるまで時間があった。そんなわけで、タブラ・デ・マイス・ピカードやアントン・ペルレロ〔いずれも十八世紀スペインで知られていた子供の遊び〕に興じながら、ひまをつぶしている囚人もいたし、踊りながら中庭をねり歩き、こう汽車のリズムをつけている連中もいた。

　ガタゴト、ガタゴト、ガッタンゴットン、
　それっ、ガタゴト、ガタゴト、ガッタンゴットン、
　ガタゴト、ガタゴト、ガッタンゴットン、
　それっ、ガタゴト、ガッタンゴットン……

　毎日、六時から八時までは、レクリエーションの時間だった。入所した当初、メネヒルドはそうした遊びを見るのがひどく愉しかった。けれども、根が内気なせいか、いっしょにばか騒ぎをすることはなかったので、いまでは退屈しはじめている。どんちゃん騒ぎをするより、中庭の片隅で、騒乱罪でつかまったボローニャ・セクステットのメンバーで、ニャーニゴ会員の五人の話に耳をかたむけるほうが面白かった。かりに演《だ》しものに加わりたくても、瓶でひとをなぐったり、ひとの財布を奪ったり、ひとに軽いけがをさせた程度では話にならなかった。もっと重い罪を犯した者にかぎられていたのである。鉄格子と錠の論理を学びはじめたばかりの新入りは、牢につながれても悔いあらためようとしない連中、たとえば、老いぼれのやくざ者、親殺しの犯人、骨の髄からのワル、ナイフ使いの名人の殺し屋から鼻であしらわれ、白い目で見られた。子分や看守から一目おかれていた彼らは、散髪の日になるといちばんに髪を切ってもらい、チャラーダ賭博の当たりをまっさきに教えてもらった。さらには、いつラム酒がシャワー室の配管の下に隠してあるか、いちばんに知らされていた。たとえ押収されるようなことがあっても、気にもとめなかった。というのも、じつに巧妙やり方で密輸品を

手に入れたのである。いったんヘロイン液にひたしたあと、アイロンをかけた絹のスカーフは、煮えたぎる湯につければ、もとのにがい汁が出たし、溶けた金属の垢《あか》で染めたカーキ色のシャツは、同じ方法でアヘン液にもどすことができた。そうした強者《つわもの》たちは、ちまちました罪でつかまったやつらを見下していた。中でも、政治犯には軽蔑の念をむきだしにした。当時、所内は、毎日のように送りこまれてくる共産主義者を気どった連中でごったがえしていた。その連中を見ると、やつらは最低の《豚野郎《ヴェラーコ》だぜ》と言って端《はな》から相手にしなかった。きれいな手と首をした政治犯は、卑劣にも山刀をふりまわして弾圧する政府にたいし、罵詈雑言をあびせるしか能がなかったので、けむたがられ、うとまれていたのである。そんなわけで、彼らが集まる場所としてわりふられたのは、ゲイの監房のそばだった。監房の鉄格子は、ややこしい事件が起こらないようにいつも閉まっており、特別の看守に見張られていた。けれども、所長の許しが出て、売春宿やおしろいの匂いがぷんぷんする監房からいったん外に出て、ダンスをすることになったら、〈サンティアゴ娘〉や〈セックス狂い〉、あるいは〈立葵《たちあおい》〉、〈悩殺娘〉、〈マドリード娘〉は、マスカラをつけた目でウィンクする相手にこまることはないはずだった。囚人の中でいちばんツイているのは、まちがいなくそうしたゲイの連中だった。風紀紊乱《びんらん》の刑期は、一カ月をこえることはなかったのである。けれども、〈共産主義者〉となると、話はべつだった。『インターナショナル』の歌も知らず、〈史的唯物論〉という言葉の意味も知らない者がたくさんいた。にもかかわらず、専門家筋が、やつらはソヴィエト体制を押しつけようとしていると洩らしたおかげで、それを未然にふせぐために、監視のきびしい監獄に閉じこめ、バクチをやらせて泳がせているのである。その期間は予断をゆるさない。数日か数カ月、あるいは数年になるかもしれないし、へたをすると、幽閉されたまま忘れ去られることだってありうる。もし当局が家宅捜索をして、ただ表紙が赤い本——それがトマス・ア・ケンピス〔一三八〇？—一四七一。ドイツの宗教思想家、敬虔な修道士。『キリストにならいて』の著者と目される〕であれ、『ガミアーニ　あるいは狂乱の二夜』〔一八三三年に出た当時、話題沸騰したフランスの官能小説。著者と見られるのはアルフレッド・ド・ミュッセ。女主人公ガミアーニは、ミュッセの恋人だったジョルジュ・サンドを描写したものといわれる〕であれ——というだけで、事態がややこしくなることは必至だった。一方、『資本論』が出てきても、白い表紙だったら、銀髪のかつらをかぶった若い判事が、世間うけをねらって派手にすすめている、最近、起こった暴動の訴訟に何ら影響を及ぼすことはないであろう。

メネヒルドは、牢仲間と話をするうち、さまざまな都会の習慣やそれまで謎につつまれていたことがわかった。これは耳学問によって知ったのだが、〈おれははいずりまわっているが、兵隊なんだ〉というのが蚯蚓《みみず》で、〈ボールが見えない野球選手〉が鰻《うなぎ》で、〈瓦をわらず屋根の上を歩く猫〉が象の舌だった。メネヒルドは、そうしたことが気になりはじめた。中国人の胴元がバクチうちをひきつけるために考えた、なぞなぞめいた定義づけが面白かったので、固定型か変動型で、チャラーダを作る苦力《クーリー》〔一説には十九世紀半ばキューバに連れてこられた数は約十二万五千人とか〕かその妻マニラ・デ・マタンサにはじめて自分の金をかけた。口もとに猫が、耳もとに船乗りがいて、手の指にパイプをはさみ、口ひげをはやした、黄色人種の魔術師の絵にも惹きつけられた。彼の頭上の競馬場では馬が走り、胸の上では闘鶏が仁王立ちし、お腹の水上では船が走り、猿が酔いどれ、ズボンには小えびがぶらさがり、心臓のあたりには、喉もとと腰がくびれた娼婦がたたずんでいた。蝸牛《かたつむり》が〈市場にいかない農夫〉なら、孔雀は〈灯台なのに明かりがついていない代物〉にほかならなかった。手品師で賭博師で胴元で、動物と闘牛士のチームをとりあげるのを得意とする道化師でもあるの男の肩口から、ドサ回りのひとり芝居の役者がおこなう人形劇のように、キリスト教の尼僧と鹿の絵が顔をのぞかせていた。ともかくも、チャラーダを考えだした連中にすれば、三十六種の図柄〔前述の「黄色人種の魔術師の絵」に描きこまれている〕があれば、人間が本来もちあわせている欲望や行動をあらわすのにじゅうぶんだったのである。そのとき、ラダメスは、ほんものの男の中の男たちを相手にアントン・ペルレロという子供の遊びしていたけれど、彼は、フロイト的なシンボルが並んだ中に象徴的にあらわされており、花が咲き乱れたような孔雀の尻尾《しっぽ》をひけらかしていた。

メネヒルドはラダメスの物語については、すでに空でおぼえていた。伝説の域に達しているラダメスの身に起きたようなことは、カンパーナ・ソロモンの城〔アフロキューバ的な世界で、現実にはありそうもないことが起こる伝説的な場所〕でも起こらなかったのである。〈鮫〉〔サメ漁が好きだったホセ・ミゲル・ゴメス大統領の綽名。在位一九〇九年―一三年〕が大統領だった一九一〇年、カリブ海に面したところに聖イシドロの名前がついた通りがあった。そこには百軒の家がならび、それぞれに十人の女がいた。めいめいの女が、金貨をいれたストッキングをはいていた。射的場の噴水には、セルロイド製のボールがぷかぷか浮かんでいたし、劇場では『修道院の謎』という映画がかかり、いつも最前列に安食堂の中国人の主人が陣取っていた。夜になると、派手な恰好をした船乗りと、ドリル織りの白い服に身をつつんだ、熱帯風のおしゃれな男が行き交った。刺青《いれずみ》や金歯、陶器製のパイプ、ヴエルタバホ〔キューバ西部のタバコの産地〕産の噛みタバコが人目をひいた。歩道には、真っ赤な口紅をひき、これまた真っ赤なガーターをつけた売春婦がならんでいる。国王かジョージ・ワシントンの肖像入りのお札が一枚あれば、壁にフランスわたりの雑誌から切りとった版画がはられ、消毒用アルコールがまき散らされた部屋で、どんな男でも女を抱くことができた。ことがすんだあと、ネクタイを結んでいると、決まったように純情でセンチな歌がきこえてきた。かん高い声で客を小馬鹿にするほど気位が高いくせに、客の話にも耳を傾けてくれるこの国生まれの白人女がいたし、聖ラサロにわかるとまずいので、その像をペチコートにつつんでいる白人と黒人の混血女や、一分たりとも時間をむだにしない技にたけたフランス女、薬学を専攻したワルシャワの恋人に薬局を買ってやろうと、せっせとお金をためながら、アメリカ大陸で付き添い婦の仕事をすれば実入りがいいのよと思わせようとしているポーランド女がいた。上は高級香水の匂いをただよわせた女から、下は太ももに記念の刺青をした女まで、じつにさまざまな女がいた。ひとり残らずピエール・ロチの愛読者である彼女たちは、爪先までの編み上げ靴をはいた屈強な男たちにかこわれていた。大男マリオとラダメス、それに中国人の黄武《ホアン・ウー》は現地人のトラストをかたちづくり、いつも封切りのアブサン酒にアスカリーリョ〔糖蜜に卵白とレモン果汁を混ぜたもの〕をたらして飲むフランス人たちと、血みどろの戦いをくりひろげた。縄張りがはっきり決まっていたのである。カフェ・シレーナから百メートルの場所に、南回帰線と同様に目には見えないけれど、死の回帰線が横たわっている。無謀にもその一線をこえた者は、蝸牛が殻の中にすっぽり首をおさめるように、敵の思う壺にはまることになる。大男マリオとラダメス、それに中国人の黄武は、真四角の家に住んでおり、そこの中庭には、毎朝、燃えるような紅い花をつける樹が植えられていた。《ひとり暮らしをしている者は地獄に堕ちればいいのである》と予言者は言った。大男マリオとラダメス、それに中国人の黄武は、そのありがたい言葉に逆らうような連中ではなかった。それぞれが、自分のいいなりになる五人の妻をかかえていた。もっとも、その中には、多人数の家にひそかに新しい恋人をつれてくる、意地悪ながら、てきぱきとした性格の、レスビアン〈郵便葉書《ポスタリータ》〉は入っていない。『修道院の謎』の最終回の上映も終わり、手まわしオルガンの上に乗った人形が小さな黄金色の鐘をたたくのをやめると、そしてピアノーラがチャリン、チャリンとひびくニッケル硬貨を飲みこむと、妻たちは家に帰り、食卓のまわりに座ってその日のかせぎを計算した。いちばん水揚げが少なかった妻は、ゆっくり席を立つと、ハイヒールに隠していたルイ十五世金貨や、そのほかの壊れやすいすべてのアクセサリーをとりはずしてから、中庭に向かった。マリオは竹をとりだした。それから数分間、もの学びは苦労してこそ身につくと諺にも言うとおりに、お仕置きがおこなわれた。そうした叱責の種がまかれるたびに、青痣《あざ》が花のようにひろがった。そしてやがて実りの季節がやってくると、百番のドリル織りのドレス、金鎖つきの懐中時計、真珠のタイピン、プラチナめっきの馬蹄形飾り、あるいはほかのみごとなアクセサリーをとり入れることができたのである。

すべてがうまくいっていた。けれども、ある日、マルセイユ人が大胆にも禁じられた区域に入りこみ、大男マリオを銃殺するという事件がもちあがった。それが、警察さえも震えあがらせる復讐と抗争の時代の幕あけとなった。その地区の署長は身の安全をはかるために、二個分隊の援軍をもとめたし、大男マリオやラダメスの妻たちは、お客をとると、ひょっとしたら敵のまわし者ではないかと疑り、不審の目をむけた。ある夜、キューバ人にとってもっとも手ごわい相手だったムシュー・アブサロンが、いまにもどっと飛びだしそうな腸《はらわた》を必死で押さえながら、カフェ・シレーナに姿をあらわした。彼の埋葬は、つぎの日の午後にとりおこなわれた。豪華な柩は羽飾りのついた馬にひかれ、銀色の涙をつけた会葬者や、左の太ももにアンモニア色の太陽の飾りがついたぴったりしたズボンをはいている、スペインのアストゥーリアス地方出身のふたりの葬儀社社員がつきそっていた。どこから見ても第一級の葬列にちがいなかった。花輪のうしろには、えんえんと馬車の列がつづき、馬車には顔に傷のある男や目が片方しかない男が乗っていた。そのあとやってきたのは、髪を短く切り、でっぷりした腰つきの、絶望のあまりか、焼酎をひっかけたせいか定かではないけれど、涙目をした泣き女の群れだった。これらの泣き女は、揃いも揃って染め方がいいかげんな、玉虫色にひかる喪服をまとっている。おまけに、留め金がふたつついた靴やら、ビーズ玉やスパンコールやら、ダイヤのかたちをしたガラス細工やらでにぎにぎしく飾りつけ、帽子のつばの下には、メタフィシカという店のバーゲンで買いあさったすべての燕と極楽鳥が棲みついていた。ムシュー・アブサロンは、使徒派のローマ・カトリック教徒だったので、垢まみれの山高帽をかぶった御者のうしろには、司祭とふたりの聖歌隊長が剃髪した頭《こうべ》をたれていた。葬列が海ぞいの並木道をぬけ、大きな墓地の正門に差しかかったときだった。突然、柩をひいていた馬が膝を折ってたおれ、肋骨を地面にぶつけた。おかげで、馬勒《ばろく》と羽飾りがめちゃくちゃに壊れた。葬儀社社員のためにこしらえられた安っぽいカフェの入口から、ラダメスと黄武にひきいられた大男マリオの手下どもが、霊柩車をねらって猛烈な銃撃をあびせたのである。女たちは、あわてて近くの居酒屋に逃げこんだ。そのあいだも、キューバ人とフランス人はピストルやナイフを片手に戦闘をくりひろげた。やがて、警察の機動隊がかけつけ、三歩前進するたびにモーゼル銃を撃ちはじめた。それ以来、ラダメスと忠実な部下の中国人は、ムショ暮らしをするはめになり、いつか恩赦で娑婆《しゃば》に出る日を待ちわびていた。

ガタゴト、ガタゴト、ガッタンゴットン、
それっ、ガタゴト、ガタゴト、ガッタンゴットン……

「そのラダメスってやつは、男の中の男だったんだな」とメネヒルドは考えた。
八時の鐘が鳴った。集まっていた囚人たちは、三々五々それぞれの監房にひきあげた。監房内の電灯は、受刑者たちが規則破りをつづけていたので、ひと晩じゅうつけっぱなしになるはずだった。五十燭光の電球をつけたままにし、きっちり規則を守るんだぞと何度も注意をうけていたけれど、まるで効き目がなかった。

33　鉄格子（c）

　ある土曜日、黒いアントニオが、葉巻二箱と蟹めしの缶詰の差し入れをもって刑務所にあらわれ、メネヒルドに面会した。そのとき、従弟の性格ががらりと変わっていたのでびっくりした。メネヒルドが性癖も習慣もちがう連中と暮らすようになって、まだ二、三週間しかたっていないけれど、さまざまな誘惑や高飛車な態度をはねかえすうちに、生まれつきの泥くさい殻をぬけだしていたのである。以前は、あのハイチ人のくそったれ野郎をナイフで刺した瞬間をのろったものだった。それが、いまになってみると、よくあれだけの勇気が出せたものだと自分でも感心するようになっていた。あのときは二十回ばかり突き刺したとたん、相手がかわいそうになった。ハイチ野郎が命びろいをしたのはそのおかげだった。先日、チャラーダでもうけた金で買ったばかりの、青とオレンジ色の格子縞の派手なシャツを着たメネヒルドは、身ぶり手ぶりをまじえながら力強い口調でカッコよくしゃべった。

それを見て、一丁前の男らしくなってきたなと思ったアントニオは、こう口を切った。

「娑婆《しゃば》にでたら、ニャーニゴのメンバーになることだ。そしたら、誰もおまえの顔に泥をぬるようなマネはできないだろうから」

「ああ、そうするつもりだ」とメネヒルドは答えた。「じつは、ボローニャ・セクステットのひとりのニャンガイトが、ニャーニゴ言葉の表現と典礼を集めた本をもっていて、あれこれ教えてくれるんだ。アボネクエ一族みたいに幸せな連中は、ちょっといない。誰もが天寿をまっとうするまで、しっかり守られているんだからすごいよ」

「ともかく、仲間になろうぜ」とアントニオは叫ぶと、声をひそめた。「四ペソの入会金と黒の牡鶏が一羽いるけれど、エネジェグエジェー・ロッジ〔ロッジとは、秘密結社（フリーメーソン）の活動拠点のこと〕に入るのがいちばんだな。すぐにわかるが、兄貴や弟分ができたら、なにひとつ不自由することはない」

そのあと、アントニオは、まだ黒人奴隷がいた頃、彼らが共同墓地に葬られないように運動をくりひろげ、それまでの面目を一新することになった、黒人の秘密結社《フリーメーソン》のなりたちについて、あらためて話してくれた。そこでは、三本の樹ではじめて聖なる太鼓をつくった偉大なオボン〔ニャーニゴ組織の中で最高位にある四人の僧侶に与えられる称号〕、つまり今日の指導的な人物、棟梁《とうりょう》の先祖が生きていた。フリーメーソンに入ってまもない創立者が加入儀礼をむかえたとき、天に源を発する川が祭礼に立ちあったのである。現在、刑務所のまわりにひらけたこの都会には、エフォー・アバカラ・ロッジとエネジェグエジェー・ロッジという、世襲制ながら敵対したふたつのロッジがある。両者とも、選挙のとき市長の支持基盤となっており、そのため、市長の庇護をうけつつ、たがいに抗争をくりかえしていることで知られている。どちらのメンバーも男らしい男ぞろいで、ゲイの男はいなかった。それに、兄弟分の妻や情婦をだましてものにするまでもなく、ちゃんと火遊びを愉しむだけの術を心得ていた。

突然、夢からさめたように、メネヒルドがこう訊いた。

「なるほど大したもんだ。それはそうと……いつになったら、ここから出られるんだろうな」

「心配するな」とアントニオは声高に答えた。「ちゃんと話はついているから……。ニャーニゴ会員のウニィータ市会議員の話だと、じきにお天道《てんと》さまの光が拝めそうだぜ」

「ほんとかい。やはりアントニオは並の男とはわけがちがう。それにしても、こんなやり手の親戚がいるのに、おれときたら、牛と荷車をもっていながら、農園ではけんかばかりしてたんだから、いやになるよ」

「なにごともコネの力だよ。コネってやつが大事なんだ。政治と降霊術、それにニャーニゴの後ろ盾があったら、一ペソのロケット花火みたいに、いっぺんに天まで昇れるぜ」

やがて鐘が鳴り、面会時間が終わった。メネヒルドは監房にもどった。せっかく黒いアントニオがいい知らせをもってきたというのに、やり場のないさびしさにとりつかれたメネヒルドの心は晴れなかった。性欲をもてあましていらだつとともに、さびしさがつのったのである。いまごろ、ロンヒーナはどうしてるんだろう。最後に見たロンヒーナの姿がまぶたに焼きついていた。けれども、どうしたわけか、ロンヒーナの顔の輪郭がしだいにぼやけてきたので、思いだそうと必死になった。あれ、ロンヒーナのほんとの顔はどんなだったっけ？　やっきになればなるほど、口も鼻もない、おぼろげなかたちになってゆく。それでも、肌のぬくもり、膣の中のやわらかなひだ、乳房の匂いといった体の感触だけは、はっきりおぼえていた。囚人はいつもさかりがついた獣《けだもの》のような状態にあるので、そうした想い出がしきりによみがえった。監獄では、明けても暮れても情交のとき、どうすれば最高の快感がえられるかということが話題になり、それはいつ果てるともなくつづいた。一種の禁断症状を起こした繫囚の想像力というのはたくましく、女と寝た話になると、たいてい尾鰭がついたものである。メネヒルドがいる監房の牢名主は、〈恋人《いろ》〉というふれこみの、じつは、みだらなまでに豊満な、素っ裸の情婦の写真をもっていた。彼は短く時間を切って、四十セントでその写真を見せていた。中国人の監房をひとめぐりさせれば、一日で五ドルの荒稼ぎができる計算だった。ある夜、同じ監房の男が、錆ついたパイプでできたベッドの上にこっそり立ち、採光用の格子窓からむかいのホテルの正面をのぞいた。一階のペスカドーラというレストランの、上の階の窓がひらいている。のぞき見をしていた囚人が、急に素っ頓狂な声をあげた。

「おっ、すげえ濡れ場だぜ」

ほかの仲間が、いっせいに色めきたって起きあがり、鉄格子に顔を押しあて明かりのついた部屋を眺めた。そのとたん、通りのアスファルトの匂いが鼻についたが、窓からほんの数メートルの距離で、あきらかにアメリカ人とわかる金髪の女がゆっくりとレースのブラジャーを外していたのである。肩胛骨《けんこうこつ》のあいだにまわした両手が、アラベスク模様の翼のように曲がり両腕まで達した。そして、腰から下の服をかなぐり棄てるしぐさを見せると、締めていた幅のひろいベルトをゆるめ、二本の指でつまんで床にほうり投げた。洋服ダンスの扉は閉めたけれど、鏡が新しい角度におかれていたので、ベッドに横たわり新聞を読んでいる男の姿が映った。金髪の女は一糸もまとわず男のそばに腰をおろすと、スプリングがはずんだ。女が太ももをそっとひっかいたとき、わがことのように、やきもきしている五十の視線がいっせいに太ももにそそがれた。女の乳房が何度も男のひじにふれたのに、男は相変わらず新聞を読みふけっている。おい、あいつら、軍縮会議でもやってんじゃないか。それとも、コープ活動の相談かな。女は指でパントマイムを演じてみせた。けれども、なんの効果もなかった。ふたりは、ナイトテーブルの上のキャンディー壜のほうに目をやった。囚人どもは、声をそろえてこうわめいた。

「まぬけめ、なにをぐずぐずしてやがるんだ。さっさと、据え膳、食っちゃえよ」

そのとき、向かいの部屋の明かりが消えた。と同時に、看守たちが監房にどっとなだれこんできた。囚人どもはそれぞれ悪態をついたり、げらげら笑ったりしながらベッドにもどった。メネヒルドは枕の上に顔をうずめると、生まれてはじめて目にしたせいか、脳裏に焼きついた、金髪女のバラ色に染まった裸体を思い浮かべて愉しんだ。さっきおれたち五十人の男がいらだちながら拝ませてもらったナマの場面にくらべたら、七番監房のアフリカ人がほかの囚人に出すラヴレターも、グイティティオの情婦《いろ》の写真も、ブタ箱に入ってるわりに体がきれいなので、看守とつるんだ仲間が、売春をさせているお姉《ねえ》役のゲイも、箱入りのマスカット色の葉巻やそのほかのセックス用品も、てんでかたなしといったところだな。ああ、ロンヒーナ、ロンヒーナよ。

翌朝、中庭の掃除をすませたメネヒルドは、面会日でもないのに面会室に呼びだされた。いったい誰がきたんだろうと考えながら、でこぼこのひろい階段をおりた。格子窓のむこうに、黒い顔がのぞいていた。

「ロンヒーナじゃないか」

「そうよ、大切なひと、愛するだんなさま」

「どうやって来たんだ」

「ナポリオンが寝てるすきに十ペソくすねたのよ、ついでに日曜日の闘鶏用に飼ってあった、マレー種のにわとりも二羽ちょろまかしてやったわ。あの男、あたしをバクチ仲間に二ペソで売りとばそうとしたのよ」

　ロンヒーナがぶらさげていた籠をもちあげたので、闘鶏の四本の脚がよろめいた。

「きっと高く売れるわ。あんたが娑婆に出たら、お金に換えようと思ってるの」

「よくやったな。で、おれの家族はどうしてるんだ」

「アンバリーナは発作をおこしたり、風邪をひいたりで大変だったけれど、すっかりよくなったみたい。お母さんは厄ばらいと神さまのご加護をねがって、タバコ水で家を清めさせたわ。お父さんは暮らしに困って、二頭だての牛車を二十ペソで売らなくちゃならなかったの。あ、これ、差し入れのタバコと聖母さまの肖像画よ」

「恩にきるぜ」

「そうそう、アントニオの話だと、来週にもここをおさらばできそうよ。アントニオの住んでるところがわかったもんだから、さっき会ってきたの」

「そうなりゃいいけど」

「じつは、メネヒッド、あんたにすっかり忘れられた《トゥ・メ・ア・オッビダーオ》んだと思って、死んでしまおうと考えたこともあったわ」

「この格子さえなけりゃ、この場でそうじゃないことを証明してやれるんだが」

「あと二、三日の辛抱よ。アントニオの口ききで、簡単なベッドと洗濯場がついたアパートを二ペソで借りることになったわ。あたし、洗濯とアイロンがけならできるし、お裁縫だってやれないことはないもの。だから、仕事をさがすつもりよ」

「うれしいこと言ってくれるぜ」

34　娑婆

黒いアントニオがつれてきた弁護士は、選挙に立候補したことがあるくせに、歯に糸くずがはさまったような話し方をするので、なにを言っているのかわからなかった。けれども、その弁護士とウニィータ市会議員のおかげで、メネヒルドの出所の日がやってきた。メネヒルドは、長年の伝統となった苦役にたえたのはいいが、ほんものの悪《ワル》どもにかこまれた暮らしがわざわいし、すっかりその色に染まっていた。ナポリオンは、襤褸《ぼろ》をまとった手下どもをひきつれてほかの砂糖工場に移り、すでに消息がとだえていたので、メネヒルドが娑婆に出たことを知るよしもなかった。メネヒルドは、中華料理店で昼めしをたらふく食べ、サーヴィスのオニオンスープとコーヒーを飲んだ。そのあと、ロンヒーナとアントニオの案内で、市内をひとめぐりすることになった。この都会の暮らしは、人間の体でいうと、臍の部分にあたるセントラル公園を中心にくりひろげられている。もっとも、公園とは名ばかりで、樹木や花が見あたらず、むしろ広場といったほうがよかった。野外演奏会がはじまる頃になると、市民は公園の周囲をあきもせずぐるぐるまわり、散歩がてらコルネットの演奏や、『椿姫』のアリアを歌うことにかけては玄人《くろうと》はだしの男の歌声、あるいは忘れられたダンソン〔十九世紀にハバナ東方の都市マタンサスでミゲル・ファイルデが創始したダンス曲。アフリカ的な色彩が濃く躍動的なリズムをもつ〕のフィナーレに耳をかたむけた。裕福な階級はそうした頃を見はからって、四本の街路の起点になっている公園外側の歩道ぞいに車を走らせ、メリーゴーラウンドの回転木馬なみにひとの注目をあびようとした。コロニアル様式のアーチをそなえた柱廊の下では、文芸協会の会員が絹の靴下をひけらかし、カフェ・パリやホテル・ジャウコでは、酔客がバルのカウンターにもたれていた。十一時になると、演奏家は楽器をケースにしまい、上映が終わった映画館はがらんとなり、公園からはまたたくまにひと気がひいていった。やがて、プラーシド〔一八〇九—四四。ガブリエル・デ・ラ・コンセプシオン・ヴァルデスの筆名。キューバ人作家に愛された詩人。ムラート（白人と黒人の混血）。いわれなき非難をあびせられ、マタンサスで銃殺された〕の銅像の下に集まる常連が椅子を近づけ、話題がない者にありがちなことだが、だらだらと明け方の三時までだべっていた。その頃ようやく、ほんものの遊び人が五人にそろって姿をあらわし、東の空がしらむまでトリアノンのキオスクでねばった。

　午後二時の公園は、火事場のような強い照りかえしにつつまれ、コンクリートのジャングルといった感じである。おかげで、足のやけどを恐れて犬も近づかなかった。アントニオは、メネヒルドとロンヒーナを商店街のほうにつれていった。そこでは、店員が、カウンターの向こうで綿布とオーガンジーにはさまれて、うたた寝をしながら客を待っている。砂糖菓子はガラス壜の中でとけ、ショーウィンドーに飾ってあるシャツは色あせていた。革製品店特有の匂いが街じゅうにただよっている。そして、商店の正面から思いがけない陳列品が姿をあらわすか、でなければ、入口は湯気が出そうな温度まで熱くほてっていた。突然出てくるのは、留め金つきの靴をはき、右手に望遠鏡をもった猿やら、銀メッキをほどこした犬やら、安っぽい大理石製のネプチューン像やら、典型的なキューバ人農夫をかたどった像やら、野球帽をハスにかぶった黒人の子供やら、電気でともるトーチをかざしたムーア人やらであった。大聖堂の左手までくると、アントニオは波止場につづく急な坂道をたどった。けれども、まだ海は見えなかった。容易なことでは海が見えないのが、この都会の特色のひとつになっている。やがて、突堤下の杭をたたく波音が耳に入った。こんどは、倉庫や物置き場、鉄錆色の貨車にくわえて、えんえんとつづく柵が視野をさえぎり、まだ海は見えなかった。そのうち、海辺にひろがる低湿地の匂いをかぎつけたメネヒルドは、手すりにもたれた。小さな漁船が何隻もひきあげられた、狭くて汚い砂浜には、角材の柵がめぐらしてあった。

「なるほど、海ってやつはでっかいな」

淡水が海に流れこむ河口の正面に、広大な水平線まで達するジオラマを思わせる眺望がひらけ、スパンコールを散りばめたように光り輝いている。緑の海は泡だってこそいないものの、塩の葉脈が走り、小包そっくりの海藻が浮かんでいた。煙を港のほうにたなびかせた貨物船が、空をめざして航海してゆくように見えた。その空では、ひげをたくわえた老人のような雲が、弓張り月をつつみこんでいる。（聖カリダーが、その弓張り月を足でふみつけたとたん、憎しみのファンやインディオのファン、それに奴隷のファンを呑みこもうとする時化《しけ》がぴたりとおさまったことがある。かわいい牝鹿は、一万一千人の聖母のひざで抱かれて沐浴し、牡は浜辺葡萄の木の下で種をひろって食べた。その扇形の木の葉であおぐと、北東の風はいっそう吹きつのった。キツネ豆のような目をした蟹は義足をつけ、小さな磯辺の砦を守るために戦いをいどんだ。第四紀の生きのこりの牝魚は、百年以上にわたるひとり暮らしのさびしさに耐えきれず、砂底の入り江で息をひきとった。巻き貝の死骸やこなごなに砕けた殻の上では、魚とフチアクーガ〔西インド諸島に棲息するヤマアラシ類の齧歯（げっし）動物〕とのあいだにできた私生児のマナティーが、あおむけになって腹を出して、ひなたぼっこをしていた。白髪だらけで、持病もちの、年をへたマハ蛇は、ある男がとおりかかったとき、動く蔓となって道を横切ったけれど、男が殺そうとしなかったので、それをうらみに思いながら大西洋にもどった。ああ、母なる海よ、母なる真珠貝の海よ、母なる琥珀の海よ、母なる珊瑚の海よ……。舳先《へさき》にろうそくの灯をともし、夜ふけに漁船が港を出る頃、きらきら震える星々におおわれる、母なる青い海よ……）。鮫のヒレに切られた五つのいたいけな波が、手に手をとって陸地をめざして逃げてきた。

「あんたがた、この舟で港めぐりをしないかね」

そのとき、ズボンをひざまでまくりあげた片方の目しかない漁師が、舟から合図しながらそう声をかけてきた。

「港めぐりだって、そんなのばかげてるぜ」

「二ペセタでサン・ルイ堤防までおつれしやすよ」

メネヒルドが返事もせず、手すりをはなれたので、ロンヒーナと黒いアントニオはあとにつづいた。

「海にでもはまったら、それこそお陀仏じゃないか」とメネヒルドは、内陸部の農夫の言い草をまね、もったいをつけてつぶやいた。

さらに波止場を進むと、クレーンを使って、日本の何とか丸という船に、砂糖袋が積みこまれていた。居酒屋から出てきた数人のノルウェイ人の船乗りは、パイプをくわえていた。老いさらばえた、皺くちゃの売春婦たちが、簡易ベッドと洗面器があるだけの、街路に面した部屋のドアを半分あけて、客ひきをしている。バルの棚にならんだボトルの上に、ラジオからすさまじい音がふりそそいでいた。

ベンチや、柱廊と軒先の日陰にたむろしていた失業者は、物乞いの仕草を見せてもむだだとわかっていたので、手もちぶさたで道ゆくひとをただ見送っている。安酒をくらって酔いつぶれた連中の姿が目についた。ひとは落ちるところまで落ちると、雀の涙ほど残った誇りを麻痺させようとして、なけなしの金をはたき、コップで焼酎をあおることになるのである。けれども、まだ希望を抱くか、やる気がある者には、酒以外に、硬貨や骰子《さいころ》、それにカードを使う賭博という食べものも存在する。そうした食べものを歌った、こんな歌があった。

さあ、賭けた、賭けた、
さあ、張った、張った、
王様が出たら、一ペセタが二十になる、
馬が出ても、一ペセタで二十もらえる、
つまり、もうけと合わせりゃ、二十一になるってわけだ。
金貨《オーロ》に聖杯《コパ》、剣《エスパーダ》に棍棒《バスト》、
どのカードもだいぶ、くたびれてるけれど、
さあ、締めるよ、締めるよ。

ロンヒーナが部屋を借りたのは、リピディアというアパートである。そこに住んでいる店子《たなこ》は、ほとんど例外なしにカード遊びの神話を信じており、毎日せっせと賭けごとにいそしんでいる。ロンヒーナの部屋に入る青いドアは、陽射しのふりそそぐ中庭に面していた。物干し用のひもがはりめぐら

され、タバコの吸いがらがすてられた中庭では、子供たちが素っ裸で遊んでいた。アパートの入口には、〈このつい立て付近で集会をひらくことを禁ず〉と書いた張り紙が見える。卑猥な落書きでうまった、その薄汚いつい立てが、事実上、アパートと外の歩道をへだてる境界になっている。失業中の左官、政治に首をつっこんでいるのはいいが、まだ立候補経験がない男。ダンスが苦手のソン奏者、新聞の売り子、駄菓子の屋台をひく男といった住人がいた。そうした連中が、ガウンやショール、スリッパ、プラスティックのイヤリングだけしかない、壁が中国風に赤褐色にぬられた、ロンヒーナの部屋の空気を乱すこともあった。内縁の妻のアイロンがけでは食ってはゆけない男は、奇蹟が起ることを神に祈ったり、金メッキのバックルつきのベルトや、一張羅《いっちょうら》の背広がぶじ質屋の棚におさまることを願ったりするばかりだった。そのとき、誰かが打楽器のカホンを鳴らしながら、歌をうたいはじめた。

おれには時計がある、
ロンジン・ロスコーがね。
特許権つきのすごいやつさ……

じつは、ロンジン・ロスコーがコロナ・インペリアル店かエル・フェーニ店の質札として折りたたまれ、ポケットにおさまってから久しかったのである。アパートには、羽ぶりのいい住人がふたりだけいた。ひとりは、白人と黒人とのあいだに生まれた混血女《ムラータ》で、セックス好きのカンディダ・ヴァルデーで、彼女はスペイン出身のクリーニング屋にかこわれていた。この旦那は、写し絵をべたべたはりつけた、丸いふたのトランクを部屋に飾っていた。もうひとりは、クレスセンシオ・ペニャルヴェールという黒人で、ひどいうぬぼれ屋だった。これは、きまぐれな水道がとまり、市内じゅうが断水になっていなければの話だが、シャワーの水がぽたぽた頭にしたたりはじめたとたん、大声をはりあげてオペラのアリアを歌った。そのバリトンの声と、ガクがありそうな容貌が幸いし、髪結いの亭主として暮らしている。いつか歌唱力をつけてミラノにわたり、スカラ座の舞台で『オテジョ』を歌うことを夢見ていた。話によると、あの有名なグメルシンド・ガルシア＝リンポとは親類にあたるらしく、そのひそみにならうつもりだという。また、よほど想像力に恵まれていたのか、黒人社交界欄では、おれの名前が著名人としてあつかわれているけれど、それも一度や二度の話じゃないよ、とうそぶいた。クレスセンシオ・ペニャルヴェールは、ほかの住人を見くだしていた。ちょうど「セマフォロ」誌に記事が出たばかりで、その切り抜きを見せびらかしていたのである。ポイントがまちまちの活字で印刷された記事によると、彼がソロで歌った『リゴレット』の四重唱曲は、《グメルシンド・ガルシア＝リンポにひけをとらぬ出来》だったらしい。けれども、食事はほかの住人と同様、中国人の屋台ですませていた。そして、スペイン出身の旦那が、楕円形のかごを頭にのせて洗濯ものの配達に出かけているすきに、女房のカンディダ・ヴァルデーと簡易ベッドに入り、スプリングの音をきしませていた。

ロンヒーナが、アントニオとメネヒルドのためにコーヒーを温めようとしたとき、最初の客人たちがやってきた。近所のおかみさん連中が、アイロンかけの仕事を途中でやめて、どっと押しよせたのである。そうした主婦の目には、ムショ帰りのメネヒルドは箔《はく》がついたように輝いて見えた。たいていの夫《マリーオ》が臭いメシを食った前歴があり、どんな場所かわきまえていたのだ。やがて日陰が長くなったので、洗濯桶や樽のそばのすずしい場所に河岸《かし》をかえて、よもやま話がつづいた。メネヒルドが子供をつかまえ、ラム酒を買いにゆかせると、それに釣られるようにクレスセンシオ・ペニャルヴェールがやってきた。自分の話もそこそこに、耳をつんざくような声でじまんの喉を披露した。

「この黒人、歌がうまいじゃないか」とメネヒルドが叫んだ。

　電球がともると、アパートの住人がこぞって集まり、黒山のひとだかりになった。すでに中庭の片隅には、空き瓶がずらりとならんでいる。左官のエルピディオがギターをかき鳴らすと、黒いアントニオと仲間のフィシカ・ポプラル・セクステットの面々がドラムの音をひびかせた。カンディダ・ヴァルデーは、敵意をむきだしにしてクレスセンシオをにらみつけた。クレスセンシオはにやけた表情で、メルセーの娘カンデラリアをじっと見つめていたのである。

　住人の話題は、政治をはじめ、出産のときの苦痛、降霊術、〈あたしの〉死んだ夫の通夜のこと、チャラーダの言いまわし、商売のやり方がきたない質屋のこと、野球、アイロンの〈風邪ひき〉のこと、と多岐にわたった。喚声があがると、そうした話題とまじりあった。一方、クレスセンシオはそれにもめげず、高音をじゅうぶんきかせて、《女はきまぐれなもの、風に舞う羽のように《ラン・ドナ・エ・モービレ・クアー・プルマ・ヴィエント》……》〔ヴェルディ作曲のオペラ『リゴレット』の中でマントヴァ公爵（テノール）が歌う有名なアリア〕と歌いつづけ、うるさい雑音を押さえこんだ。けれども、ソン奏者たちは徐々にいらだっていた。

「寝ごとみたいなもんだな。たかがオペラじゃないか……」

　ひとり舞いあがっていたクレスセンシオは、がっかりして、こうやりかえした。

「教養のないやつは、これだからヤになるんだ」

　嫉妬に狂ったカンディダは、その朝、ろくでなしのオペラ歌手が金めあてに、写し絵つきのトランクを荒したことを思い出し、腰にこぶしをあてながら、つっけんどんにこうなじった。

「身だしなみもかまいつけないくせに、イタリア語で歌うとはいい度胸してるわ。くだらない歌なんかやめたらどうなのさ」

カンディダは、いきなり顔を二回ひっぱたかれ、頬が赤くなった。

「ごろつき。その顔をひっかいてやるわ……。夫にいいつけてやるから」

「あのスペイン野郎にかい」

「あんたなんかより、ずっと男らしいわよ」

ショールがひるがえり、両腕がさかんに動いている。洗濯桶から水がこぼれ、中庭の低いほうに流れてゆく。わめき声があがり、すったもんだの大騒動になった。メルセーは四つん這いになり、つかみ合いの喧嘩をしている両人がふみつけた洗濯ものを回収しようとと必死の形相である。カンデラリアは、外の通りまで走り、助けをもとめる笛を鳴らした。ようやく派出所の巡査がはせつけると、クレスセンシオはアパートの奥に姿をくらました。一方、発作を起こして倒れたふりをしていたカンディダは、おかみさんたちに介抱されていた。ふたたび、セクステットのドラムが鳴りだした。《きっと、なにかのまちがいじゃないですか。ここではなんにも起きてませんよ》と言われてうろたえた巡査は、けっきょく、ラム酒を一杯ごちそうになってさっさとひきあげた。

半カップのピーナツをめぐり、ひどい喧嘩になった。

しょうがないさ、金を出したのはおまえで、食ったのはおれなんだから。

真夜中に、巡査が舞いもどり、もっと静かにやれんのかねと注文をつけた。アントニオは腰をあげる前に、メネヒルドにこう言った。

「加入儀式は土曜だから、忘れるんじゃないぞ。それまでに四ペソの金を工面し、大きくなくったっていいけれど、黒の牡鶏を一匹買っておけよ。当日は、ニャンガイトとおれが立会人になってやるからな」

ほろ酔い気分のメネヒルドは、ロンヒーナと部屋にひきあげた。ふたりは急いで素っ裸になった。外では、クラクションの音がかすかにひびき、グメルシンド・ガルシア＝リンポの後継者のいびきや、カンディダが仔猫みたいなあわれな声で、その日、おのれに起きた不幸なできごとをスペイン出身の旦那にうちあけているのが聞こえた。月がアパートの屋根上にかかる頃、青いドアの内側では、さめたコーヒー入りの壺と聖ラサロの肖像画のあいだで、男女の体がぴったり重なりあっていた。

「ねえ、田舎に帰るつもりはないでしょうね」

「ああ、こっちで暮らすほうが愉しいからな」

35　エクエ・ヤンバ・オー！

　フォード車は、穴ぼこだらけの道を横ゆれしながら進んだ。片方だけともったヘッドライトが、ほこりまみれの左右の月桂樹の並木をぼんやり照らしていた。後方には、どこでも見られるありふれたサトウキビ畑がひろがっている。車《マキナ》が雑草のはえた丘のふもとで止まると、黒いアントニオはメネヒルドにおりるように言った。車が都会にひきかえしてゆくのを確かめたあと、オニナベナの生け垣のあいだの小径をたどりはじめた。頭上では、鳳凰木の赤紫色の枝がときどきゆれている。

　まもなくふたりは、同じ方向にゆく黒人グループを追いぬいた。

「やあ、こんばんは《エナグエリエロ》」

「やあ、こんばんは《エナグエリエロ》」

　どこからともなく、太鼓の音がひびき、香気をふくんだ生暖かい闇を震わせた。くぐもった神秘的な打楽器の音が、樹木の幹にあたってこだまし、まるで自然がひとつに融けあっているかのようだった。これもどこからひびくのかはっきりしないが、鞭を思わせるようなうなりが聞こえ、しだいに近くの林に迫ってきたので、ふたりの耳の底に残った。アタバル太鼓のほれぼれするようなリズムがとどろき、金属的な、しなやかさを欠いた、都会のリズムはすっかり忘れさられた。土は体じゅうの毛穴を耳にし、草花はつま先立ちになり、木の葉は音のするほうに顔をむけて聞き入っているようである。

「あれはジャント〔ニャーニゴの打楽器。死者の面影をしのんだり、その霊を呼んだりするために鳴らされる〕をたたいているんだ」と誰かが言った。

百本の指が、夜の闇のきげんをうかがうように、相変わらず太鼓を演奏している。

板や木の枝、それに有刺鉄線にかこまれた、三角形の小さな前庭には、結社員と、その夜、新しく加入する連中がひしめいている。誰もが声をひそめて話した。イヤンバ〔結社の四人の高僧の中のひとり〕が住む椰子の葉ぶきの家には、あくる日、食べることになっている死体のために、権力をもった高僧たちが控えている。床においたカンテラが、鹿爪らしい表情の面々を照らし、天井の椰子の葉に亡霊のように大きくなった手を映しだした。

メネヒルドは、椰子の葉ぶきの家のかたわらに、赤い材木でつくられた四角の建物が大王椰子にかこまれているのを見つけた。閉まった扉には、黒いアントニオが教えてくれたとおり、黄色のチョークで結社のシンボルがかいてあった。三つの十字架をてっぺんにいただく円の中に、二つの三角形と椰子、それに蛇が描かれていたのである。

「これが礼拝堂《クアルト・ファンバー》か」とメネヒルドは扉を見つめながら叫んだ。扉のむこうには、至高の秘密、ひとの暮らしを律している、驚くほど調和のとれた掟を解く鍵が隠されていた。ひとの人生というのは、十粒のトウモロコシの実をどうならべるかによって、幸せにみちたものにもなれば、悪しきものにもなるのである。

「牡鶏《エンキコ》〔ニャーニゴの儀式用料理の材料〕をくれ」と黒いアントニオが話しかけた。

代父役をつとめるアントニオは、黒い牡鶏の足をつかむと、メネヒルドを前庭の片隅に残し、椰子の葉ぶきの家の中に入った。数人の影がカンテラの火を隠しながら、そのあとにつづいた。そのとき、ジャントの太鼓が鳴りやみ、家の中にランプがともった。黒いアントニオは、目隠しと黄色の石膏のかけらを手にして、ふたたび姿をあらわした。あまりの恐ろしさに体を震わせていたメネヒルドは、一瞬、その場から逃げ出そうと思った。

「アントニオ」とメネヒルドはいまにも泣きだしそうな声で呼んだ。

けれども、そのときのアントニオは、愛用のマリンブラ楽器やフィシカ・ポプラル・セクステット、あるいはパンテーラス・デ・ラ・ローマという野球チームや使いなれたグローヴから思い浮かべる男とは、まるで別人のようだった。やさしいマリア・ラ・オーのことも、フアナ・ジョビスニータと踊ったとき起こした騒ぎがもとで、目下、係争中の事件のことも頭になかった。まもなく秘教的な儀式がはじまる緊張感から、しかめた顔に三本の皺《しわ》をよせつつ、ドスのきいた、きびしい口調で話した。もはや冗談を言ったり、無駄口をたたいたりするときではなかったのである。

「そろそろ誓いをたてる支度にかかれ」とアントニオは言った。

メネヒルドは、縞のシャツと豚革の靴をぬぎ、ズボンをひざまでまくりあげた。鎖骨のあいだで、聖ラサロのメダルが輝いていた。黒いアントニオは石膏をつかむと、メネヒルドのひたいに一回、それぞれの手に一回、背中に二回、胸に二回、おのおののくるぶしに一回、十字をえがいた。そのあと、だしぬけに包帯でしっかりと目隠しをした。腕をつかまれたメネヒルドは、前庭の中央までついていった。耳に聞こえる足音から、自分と同様、ほかにもそこまでみちびかれた者がいるのがわかった。

「ひざまずけ《ヒンカテ》」

黒いアントニオはそう命じたあと、地面に両ひじをつけさせた。新しく結社に入る者はひとり残らず同じ姿勢になり、車座状にうずくまった。

牡鶏のしっぽ飾りがついた小太鼓を脇にはさんだファンバジェン〔ニャーニゴの香部屋係〕が前に進みでた。エンペゴー太鼓〔ニャーニゴの儀式で使われる四つの太鼓のひとつ〕を乱打する音がとどろき、生贄《いけにえ》にささげられた牡鶏の鳴き声が聞こえはじめた。（椰子の樹の心臓部では、アフリカのニャーニゴによってはじめて生贄にされた牡鶏《モトリオンゴ》が、金色の目をかっと見ひらいていた）。一連の太鼓の乾いたひびきが聞こえたかと思うと、突然、鳴りやんだ。そのように、とぎれとぎれに演奏がつづいた。やがて、おどけたような声がこう叫んだ。

「ナサコー〔ニャーニゴの四人の高僧の中のひとり。儀式的なものにすぎないが、魔術師の肩書きをもつ〕、サコー、サコー、ケレンバー、マサンガラー……」

てっぺんに藁《わら》の飾りをつけたとんがり頭巾が、椰子の葉ぶきの小屋の戸口からあらわれて、すぐに姿を消した。ふたたび顔をのぞかせると、また隠れた。

「ナサコー、サコー、サコー……」

メネヒルドのうしろで、誰かが大声でこう言った。

「アレンシビア、あいつを呼びだせ《ニャマロ》。外に出るのをいやがってるようだから……」

結社員があらためて太鼓をたたいた。

「しつこくやつを呼びだすんだ《ニャマロ・マ》……」

打楽器がせきたてるようにとどろくと、おぞましい真っ黒のとんがり頭巾が小屋からあらわれ、そのあとにチェス盤のような格子縞の服をまとった体がつづいた。それは顔がなく、肩の上に細長い三角形の大頭がのっかっている代物である。大頭の上のほうに、白い糸でぬいつけられた、色ぬりのボール紙の、かたちだけの、ふたつの眼がついており、それをこちらにむけている。奇妙な修道服はバラけて、黄色の糸のあごひげのようにたれさがっていた。円錐形の大頭のうしろには、三角形と、白い十字架の飾りがついた、ひらべったい帽子をぶらさげ、腰にはカウベルつきのベルトをしめて、両のくるぶしにもカウベルをつけている。綿のすそは、腰までまくりあげ、右手に薬草のゴマギク、左手には悪魔祓いに使われる儀式用のマコンボ杖をもっている。イレーメ〔この小悪魔の名称〕、イレーメよ、加入儀礼がはじまります、あなたの名がたたえられますように《ヤンバオー》。

小悪魔は、ますます急テンポになってゆく小太鼓のリズムに乗り、さかりのついた小鳥のように斜《はす》に跳びはねながら、前におどり出てきた。その踊りは、タブーだった大仮面舞踏会の伝統をよみがえらせ、植民地時代の黒人集会の栄光をしのばせるものだった。マラカスの音や、ラフィア椰子の葉をひき裂く音がひびき、魔術的な大蛇人形は、地面すれすれまで転んで体をたてなおしたり、スローモーション撮影でとらえた曲芸師のように身を投げだしたりした。さらに、新入り全員の震える背中をとびこえたあと、肩に、口から粘液をたらしている生暖かい牡鶏を乗せると、ひとり残らず、黒い羊毛、羽虱《はじらみ》、羽毛からなる渦の中にまきこんだ。

小悪魔は、新入りの体を清めると、前庭の入口まで走り、道に牡鶏をすてたあと椰子の葉ぶきの小屋に身を隠した。霊を呼ぶ太鼓の音がとまり、新入り一同が立ちあがった。それぞれの代父にみちびかれ、小屋の入口に達すると、そこには結社の高僧《ムニファンバー》が待ちうけていた。秘密を守る係が、その場で新会員をぐるぐるまわらせ、方向感覚をくるわせた。それから、目隠しをしたまま小屋に入らせ、イヤンバの手にゆだねた。イヤンバは、真剣な面もちで奥にむかい、礼拝堂《クアルト・ファンバー》に通じる秘密の扉をあけた。新結社員は、ひとりずつ内陣にみちびかれ、いましばらくは自分の目で拝ませてもらえない祭壇の前でひざまずいた。祭壇は赤い紙におおわれ、椀とブリキ缶に入った供物と造花にかこまれている。すべてがカトリック教の影響下にあった。中央には、聖体容器《センセリボー》がおさめられた、優美なかたちの祠《ほこら》がまつられていた。貝でいっぱいの、ふたが閉まった聖体容器の東西南北には、黒光りする四本の駝鳥の羽が立っている。そこは、ベリンゲー羽、モゴビオン羽、アバクアー羽、マナンティオン羽といった動物性の繊細な羽がはえる秘密の場所なのである。羽が四枚はえるのは、アフリカの椰子の葉が四枚だったことによる。椰子の葉がはえるところには、神の力が宿っており、人びとはむかいあった四つの丘のあいだで、山羊の首がはねられるとき、太陽にむかって神《エクエ》をあがめていたのである。

目隠しの下で、新しく結社に入る連中の瞳孔がひらいた。後方にある内陣の片隅から耳なれない音が聞こえたので、急に奇妙な不安をおそわれたのである。ウルルルル……ウルルルル……ウルルルル……。蛙の鳴き声か、やすりで騾馬《らば》のひずめをけずる音、あるいは蛇がだすシュルシュルという音か、革を曲げるときの音のようでもあった。えたいの知れない、はっきりした音が、断続的にしつこく耳にひびいてくる。部屋の奥に大王椰子の葉の切れはしをかぶせた上に、葛《かずら》でくくられた箱がおいてある。じつは、そこから音は聞こえてくるのだ。これは、太鼓の音じゃないし、ひょっとすると蛇がはいよってくる音かもしれん。まさか、亡霊じゃないだろう。それとも、誰か泣いてるんだろうか。いや、まてよ、これはきっと神さまが近づいてくる音にちがいない。メネヒルドは、目に見えない手で毛布がはがされてゆくように、背筋の下のほうから鳥肌が立ってくるのがわかった。そういえば、黒いアントニオは、このときの感じはなんとも言えないくらいぞくぞくする、そう話していたな。やはり、神さまなんだ……。じゃあ、この近くの樹のはえている下の地面から、言葉を話す柱や、ものによじ登る頭蓋骨、歩きまわるはらわた、角のある呪術師、雨ごいびと、占いができる毛皮といったものが、ぞろぞろ這い出してきているはずだ。そうしたものは、アフリカのギネアで、神の化身がはじめて生まれたとき立ち合ったというからな。

その時代、オボンは三人だったし、儀式用の太鼓も三張りなら、シンボルも三個だった。すでに、神の聖別をうけた三人のオボンは、レースのような影を落とす椰子の樹の下でひそかに討議をかさねた。けれども、まだ神のお告げがくだっていなかった。お告げがあれば、自分たちの使命を信じるにちがいなかった。当時すでに、国王や王子は、黒人と交換に、盗癖のある船乗りや貨物帆船、それに小型ガレー船が持ち帰る、エナメルぬりの三角帽子、ビーズ玉のティアラ、中古のお仕着せ、袖口かざりを手に入れていた。さて、討議しているオボンたちは、ナサコーが金合歓の樹のうしろに隠れて、話をぬすみ聞きしていることを知らなかった。ここで、呪術師の美しい女房シカネクアが登場する。シカネクアは水壺を肩に乗せて、ジェカネビオン川にむかった。その頃の世界は住みやすく、サヴァンナにある椰子の葉と糸でつくった家という家は、棕櫚の主日《ドミンゴ・デ・ラモス》のようにひとを暖かくむかえ入れた。シカネクアは、七本のひげ根と七本のアイリスの花を食べた七頭の縞馬の歌をくちずさんだ。そのうち、灯心草のあいだから洩れる牛のような声に気づいた。たぶん、侏儒《こびと》のような牛か、牛の小妖精じゃないかしら、と思った。ほどなく、楽器の音にそっくりの音を出す、すばらしい生きものをつかまえると、粘土製の水壺にとじこめた。それは、その地方では誰も見たことがないニベもしくはグチという魚だったのである。急いで家に帰ったシカネクアは、亭主のナサコーに魚を見せた。オボンたちが形づくっていた三角形をこわすことになるナサコーは、三人を前にしてこう言った。《待っていられた神のお告げというのはこれですよ》。こうして、はじめてグーグーと鳴く魚の皮で、ひとをひきつける神が創造されたのである。けれども、女はすぐ秘密を洩らしてしまうので、三人のオボンとナサコーは、シカネクアの首をちょん切り、歌と踊りでその霊をしずめながら、椰子の樹の根もとにほうむった。こうした次第で、ナンバー四《フォー》が誕生した。以来、神の庇護のもとにオボンは四人になり、太鼓も四張りなら、シンボルも四個になった。ウルルルル……ウルルルル……ウルルルル……。

イヤンバは、小悪魔が用意してくれたモクバ〔さまざまな儀礼的な成分を含んだ液体〕入りの土鍋をもちあげた。それから、牡鶏の血と火薬、タバコ、胡椒、胡麻、サトウキビ、焼酎をまぜた、聖なるうがい薬で、新入りたちの頭をぬらした。つづいて、結社の二番目のオボンであるイスエーが、こう訊いた。

「真実を話すことを誓うか」

「誓います」

「なぜこの結社に入りたいのか」

「兄弟を助けたいからです」

イスエーは、めりはりのない、くぐもった声でこうとなえた。

　エンドコ、エンディミノコ、
　アラコロコ、アラベー　スアー。
　エンキコ　バガロフィア
　アグアシケー、エル　ボンゴ

オボン。
イヤンバ。

新入りたちは、十字を切りながら、念仏のようにこう唱和した。

サンカンティオン、マナンティオン、
ディラー、
サンカンティオン、マナンティオン、
ユベー。

新入りたちは、礼拝堂の外につれだされた。礼拝堂からは相変わらず、不安をかきたてるような神の声が聞こえた。以後、数週間にわたって、その声がメネヒルドにとりついて離れなかった。椰子の葉ぶきの家の中でいちばん大きな部屋に入り、目隠しをはずしてもらった新入りたちは、服を着たあと、結社員にひとりひとりに紹介された。結社員が胸にかけている十字架が目に入った。さあ、これで、みんな、顔見知りになったはずだから、たがいに助けあうんだな。そのため、兄弟になったんだ。壁にかかっているイエズスの聖心像が、こっそりほほえみを浮かべた。メネヒルドはそのとき、イヤンバが誰だかわかった。自分の住んでいる地区の大統領再選委員会のボスだったのである。
外では、仔山羊の革をはった太鼓の音や、シンコペーション〔同じ高さの強拍音と弱拍音とが結ばれて、強弱が転換し、曲に変化を与えようとするリズム〕がひびいた。聖なる楽の音は、神の恵みをたたえる曲をかなでていた。

36　イレーメよ

エリボー〔ニャーニゴ会員が崇拝する最高神〕よ、神《エクエ》よ、神よ、
モソンゴリボーよ、
神《エクエ》よ、神よ……

素朴ながら、いきのいい、テュレンヌ〔アンリ・ド・ラ・トゥール・ドーヴェルニュ子爵。一六一一—七五。三十年戦争で活躍したフランス人の元帥・戦略家〕行進曲のように主題のはっきりしたリズムが、暗やみにひろがった。けれども、あまりにも単純な旋律だったので、儀礼用の四張りの太鼓は間をおいてひびきはじめた。太鼓には、決められた規則があって、それにしたがって打ち鳴らされていたのである。まずベンコモ太鼓にはじまり、ついで結社のコシジェレマー太鼓がつづき、弱拍になったとき、突然、レピカドール太鼓が怒濤のようにとどろき、おしまいに部族

のボンコー・エンチェミジャー〔すぐれた太鼓の生産地名〕太鼓の革と胴から、荒ぶる音が鳴りわたった。先祖の霊が住む森の声が、バチで打たれる革をとおしてふたたび太鼓の中に入りこんだ。
　椰子の葉でふいた小屋の入口近くに、結社員が車座になっている。何本もの焼酎とタフィア御神酒《おみき》の瓶があけられ、乾いた喉をうるおした。

　エリボーよ、神よ、神よ、
　モソンゴリボーよ、
　神よ、神よ……

　こんどは、四張りの太鼓にくわえて、素焼きの水壷、柳の枝で編んだ漏斗《じょうご》状のものにはめこまれた瓢箪、それに細長い金棒でたたく鐘のかたちのカウベルが鳴りひびき、はなやかな合奏がくりひろげられた。そこへ、さきほどと同様、修道服を身につけ、つくりものの、冷酷そうな、すわった目をし、藁のあごひげと真鍮のカウベルをつけたべつの小悪魔が、聖者の杖をついて姿をあらわした。ニャーニゴのアタバル太鼓の縁《へり》をバチで打つ音がひびく。その太鼓は火のそばにおいても、ふつうの太鼓とはちがい暖まることはなかった。小悪魔《イレーメ》が着ていた白と黒の格子縞の服は、すでに青に変わり、丸い小さな帽子には刺繍がほどこしてあった。やせ細った体で踊るイレーメは、結社のメンバーのほうにゴマノハグサのお祓いをむけた。
　小悪魔は、イヤンバの足もとにひざまずき、神聖な刷毛《はけ》で体を清めた。そのあと、車座にぎっしりならんだ結社員が前に投げだした裸足の上を、誇らしげにわたり歩いた。東の空をむいて踊るとき、すごんで見せたり、ほめたたえたりしながら、さあ、朝陽よ、昇れとせっついた。どうやら、石を動かすことや、近くの湖畔の亜麻のあいだで身をくねらせている幼虫を、呼びよせることもできそうだった。

エフィメーレ太鼓よ、
なんじがたたえられんことを。
エフィメーレ太鼓よ、
なんじがたたえられんことを。

そのとき、バラ色の小悪魔がとびだした。つづいて、絹の服をまとった緑の小悪魔や、真紅の小悪魔が登場した。琥珀織《タフタ》りや金色の服、どんごろすや白糸地の服がゆれ動いた。休みなく流れるリズムに酔いしれ、憑依《ひょうい》状態におちいった鼓手は手をのばし、一瞬ごとにくずれ落ちそうになる音の建物をささえた。そして、胴体からはなれ、ただの肉のついたバチと化した両手をいそがしく動かした。酒量がふえるにつれ、歌声はますますしゃがれていった。ひたいのあたりで、カウベル、瓢箪、鈴が打ちふられた。樹木のかたちの交響楽、魔術師と選ばれた者の交響楽が、カタカタ鳴るバチの音、ドンドンというアタバル太鼓のひびき、カホン太鼓、鐘のかたちのカウベルをつなぎあわせたものによって、新しい対位法をつくり出していた。

丘の稜線のむこうに、夜明けの光が射したとき、片方しか目のない小悪魔が踊っていた。ひとつだけ残った醜悪な目は、縫いめがほどけたようで、ハバナ対岸のレグラ地区で見かける大きな蟹の人形の、はり金のさきにつけられた飛びだした目にそっくりだった。

エフィメーレ太鼓よ、
なんじがたたえられんことを。
エフィメーレ太鼓よ、
なんじがたたえられんことを。

朝陽が谷間をわたりはじめると、無数の大黒椋鳥《おおくろむくどり》もどきが木の葉のあいだから黒いくちばしをのぞかせた。エマルション社の看板に描かれた、トレードマークの鱈を背負っているノルウェイ人の漁師が、目をさました。キューバ北方の国の人間がたてた看板が見えるようになり、そこでは、バラ色の皮膚をした男がヴァージニア産のタバコをくゆらせていた。遠くの都会からサイレンの音や、船の霧笛らしいものが聞こえた。一方、祭礼はなおもつづき、結社員はきびしい典礼にのっとり讃美歌をうたっていた。変わったことといえば、車座になったメンバーの姿勢ぐらいのものだった。結社員も、プラチナ色の星が昇るにつれてひまわりよろしく腰をあげていたのである。おかげで、小悪魔はエリボーの杖の方にひたいを向け、思い入れたっぷりに祈りをささげることができた。ラム酒はまだじゅうぶんに残っていた。夜明けとともに、メネヒルドは太鼓を乱打したり、マラカスを狂ったようにふったりしながら、ほかの連中と同様に声をはりあげて歌った。そのせいで、マラカスにはひびが入りはじめた。けれども、香部屋係のファンバジェンが、山芋、サトウキビ、落花生、バナナ、胡麻、胡椒といったものが入った、とてつもない大きさの鶏のシチュー鍋をかかえてあらわれると、音楽が鳴りやんだ（イリアンポとよばれるその儀式用料理は、細長いタバコと黒い火薬で味つけされたあと、土鍋にいれて死者のために保存された）。楽器が草むらにころがった。バラ色の手のひらの、タコだらけの、四十本の手が、いっせいに塩ぬきのシチューの中に突っこまれた。年老いたドミンギージョといえば、英雄的な時代に（その頃、ハバナ郊外にあったティエラ・イ・アラストラードス結社は、スペイン軍司令官に新しい鶏の蹴爪を税金代わりに収めていた）、マニータ・エネル・スエロ〔十九世紀末、ティエラ・イ・アラストラードス結社の大棟梁〕の代理をつとめたことがあるけれど、皮のように固い胸肉をかじりながら、灰色に濁った目で高いところをじっと見つめていた。

新入りたちが地面に横になっているあいだに、古顔が太鼓を打ち鳴らしはじめた。やがて、祖父らが結社の典礼帳に書きのこしたニャーニゴの式文にしたがい、対話形式で舌戦をまじえるときがやってきた。年老いたドミンギージョは、くぐもった太鼓の音にあわせて自分のせりふに節をつけると、つぎのような儀礼的な試合をはじめた。

「エフォー〔アフリカの地名、部族名。また、ニャーニゴの中では、オボンの肩書きをもつ四大高僧のひとりイヤンバを指す〕の地から、賢者がお出でだから、帽子をとれ」

そのあと、黒いアントニオが低音をきかせた太鼓の音に乗り、年老いたドミンギージョに近づいた。

「おれも牡鶏を殺してるんだ。だから、あんたと大して変わらないぜ」

「牡鶏殺しに味をしめ、わしの目をえぐりとるつもりか」

「だが、山羊を二回去勢するわけにはいかないんだ」

「わしは家でひとの蒙をひらく学校をやっておる」

「木がはえたって、一本だけじゃ森はできっこないぜ」

ここで、古顔のひとりが口をはさんだ。

「太陽と月が口論をしておるな。墓の中で死者が泣いてるじゃないか。わしが死んだら、誰がとむらいの歌をささげてくれるんだろうか」

年老いたドミンギージョは、激しい口調で答えた。

「このわしに口をきくとは無礼なやつめ。さっさと牡鶏を殺し、偉大な太鼓の上にばらまくんだ」

そのとき、黒いアントニオは年老いたドミンギージョをこう侮辱した。

「あんたの母親はアフリカでは猿だったけど、この地で人間になりたがっているようだな」

年老いたドミンギージョは、どろんとした目でアントニオをにらみつけると、すかさず完璧なニャーニゴの四つの決まり文句を口にし、相手を完膚なきまでにやりこめた。

「いまでこそ、老いぼれニャーニゴのわしは、陽のあたらぬ場所にいるが、これでもアフリカでは王さまだったのだ。天には神がましまし、地にはこのわしがおった。エフィー〔アフリカの地名、部族名。ここでは、ニャーニゴの四大高僧のひとりモコンゴを指す〕はエフォーに、エフォーはエフィーに洗礼をさずけたのじゃ」

新入りたちが拍手をすると、イヤンバが儀式的な注意をさずけ、討論をしめくくった。

「不謹慎なやつらめ、静まれ。いま、おれたちがいるのは白人の国だってことをゆめゆめ忘れるではないぞ」

37　加入儀礼（c）

夕暮れになると、聖なる音曲がふたたび鳴りひびき、儀式は終わりに近づいた。踊りを見せた小悪魔たちがふみつけた地面——そこは供物をささげる神殿の正面にあたるけれど——に、魔術師《ナサコー》が黒い火薬で円をえがいた。その謎めいた定理を思わせるものは、ニャーニゴ幾何学の魔術的な円、つまりエンゴモバソロコだったのである。円の中央には、死者のためのシチューが入った土鍋がおかれた。円の外側にひざまずいた新入りたちは、供物を見つめるうち背筋が寒くなってきた。やがて、ナサコーは、黒い火薬で聖域に七つの十字架をつくった。そのとき、音曲がゆるやかながら力強い調子に変わった。おごそかな歌は、聖杯グラール物語の場面〔ワーグナーのオペラ『パルジファル』に登場する〕で演奏されるような、同じ音を出しつづけるキリスト教的なオルガン音で伴奏することもできただろう。鉄道の信号灯に似たまんまるの赤い陽は、遠くに都会があることを示す、よごれた靄のヴェールにつつまれ、暮れなずんでいるようだった。
顔を西にむけた魔術師が、ありったけの声をはりあげた。

ジャ、ジョ、エエエ、
ジャ、ジョ、エエエ、
ジャ、
ジョ、
マ、
エエエ。

赤と黒の服をまとった小悪魔が、とてつもなく大きな杖をついて神殿からあらわれた。ナサコーは、前庭の片隅にうずくまった。その拍子に、新しいダンスのリズムが鳴りだした。小悪魔は、土鍋のぐるりでとびはねながら、ひざまずいた結社員の頭上で杖をぶんぶん振りまわした。いやはや、あんなにおどされては、たまらんよ。みんな、わかってたはずだが、悪霊は、死者に食べさせる残飯の見張りに小悪魔をえらんだんだ。歌はきこえなくなった。けれども、打楽器は相変わらずあえぐような、とぎれとぎれの、まとまりのない音をひびかせている。そのせいで、期待のあまり、心臓の鼓動がとまりそうなほど張りつめた空気がひろがった。いったい誰が、大きなとんぼ返りをやるんだろうな。いらだった小悪魔が、痙攣したように体を震わせると、腰の衣につけたカウベルがゆれる。
そのとき、ナサコーが燃えさしで、火薬をまいてつくった十字架に火を放った。ぱちぱちはぜる火花とうずまく煙のあいだで、裸足の小悪魔が狂ったようにとびはね、頭上で杖を振りまわすのが見えた。メネヒルドは、目にもとまらぬ速さで、神聖な火が燃える魔術的な円の中にとびこみ土鍋をつかむと、わめきながら前庭の入口にむかった。小悪魔は、すぐそのあとを追いかけたが、逃げられたので、礼拝堂にひきあげてしまった。結社員が立ちあがった。土鍋は、近くの岩のあいだから崖下に棄てられてしまったんだ。これで、死者は、生者から十分の一税と初ものの料理をうけとったことになるな。

夕やみがまわりの畑をつつんだ。それでも、いくつかの明るい小さな雲が、せばまって見える青い海にまだ浮かんでいる。ぶじ兄弟となった結社の連中は、一列になって儀礼用の行進曲を歌いながら、ふたたび前庭をひとめぐりした。

エリボーよ、神《エクエ》よ、神よ、
モソンゴリボーよ、神よ、
神よ。

十八時間も、打楽器のひびきにひたっていたので、兄弟たちの神経はすっかりおかしくなっていた。おかげで、精根つきはてた面もちで、別れのあいさつもそこそこに、暗がりの中に消えていった。けれども、数人ながら、都会にもどると、〈ヒキガエル地区〉の通りを歩きまわり、ちょうどその日が祭礼だった聖バラグアーの行列を見物するだけの元気者がいた。商店街の消防音楽隊に先導され、左右にひとりずつ警官がついた聖女像は、一種の輿《こし》のようなものに乗せられており、まるで群衆の頭上に浮かんで踊っているよう見えた。唾だらけの金管楽器と、かすれた音のクラリネットから、ほんものの祝婚歌を思わせるようなゆっくりしたテンポで、『ママ、ホセがやってることをごらんよ』のメロディーが流れた。

〈腕と頭で勝負の《ブラソ・イ・セレブロ》〉理髪店の店さきでは、シャボンのついたブラシを聖体顕示台のように高くかかげたドン・ダマソが、町内の守護聖女にむかってにやりとした。黒人の政治家は、香水入りの泡を頬につけたまま、バチあたりなことを洩らしたり、腹立ちまぎれに、緑のビロード張りの、アメリカのコクーン社製の椅子をひっかいたりした。

38　子供たち

午後もたけなわの頃、界隈の家々は透明な影と静けさにつつまれている。扉のノッカーは、陽射しをあびて熱くほてり、たまにヒメコンドルの影が通りを横切った。メネヒルドの背後では、洗濯桶の中で泡だっている水や、アイロンかけの音、それに近所のかみさん連中のスカートが風にあおられたり、ハプニングが起きてざわめいたりする音が、耳なりのように聞こえた。メネヒルドは、アパート前の歩道のへりに座り、愉しそうにあきもせず子供の遊びをながめている。〈なぐってこないやつは、なぐれ〉や〈最後にのこったやつがおかまだ〉、あるいは〈ペストうつし〉といったむかしながらの遊びを除くと、子供の遊びにも思わぬ流行《はや》り廃《すた》りがあるようで変化していた。古代の悲劇役者がはいた厚底靴のようなコンデンスミルクの空き缶に、子供たち全員が、朝早くから足をのせていたかと思うと、キンブンビア遊びをするときは、二本の棒が、泥のつまった半樽にぴちゃりと音をたててめりこんだし、高いところから世界を見おろしたくなると竹馬をつくった。けれども、それにあきると、こんどは西風にのせて剃刀《かみそり》つきの凧《パパローテ》をあげ、横にむけた頭をはげしくぶつけあう遊びにもどった。一方で、そうしたおもちゃや遊びのことを、突然、忘れてしまうことがあった。アパートには、九人の黒人の子供が住んでいた。ガキ大将のカジューコは、子分どもがまじめな顔つきでそばに集まると、街角の下水の金網の上で足をがに股にひろげて、謎めいた命令をくだした。子分どもは、指さきで壁にさわりながら、一列縦隊になって出発し、山道のようにでこぼこになった、登り坂の歩道をたどった。

(子供たちは、塀にあいた穴から四つん這いになって庭にしのびこんだ。庭は、手入れされていない果樹が植えられ、雑草がはびこっていた。子供たちが足をふみ入れたとたん、びっくりした白い蝶の群れが空に舞いあがった。褐色の革製のボールにそっくりな坊主頭が、古さびた銅色の大きな瓢箪のあいだからのぞいた。花という花は、とんぼ捕りにきた子供に傷つけられていた。硫黄色の縞もようのある雀蜂が、甘い蜜をもった鐘のかたちをした花々のまわりを飛びかっていた。あたりには、アーモンドの青い実とグアバの熟れた実の匂いがぷんぷんしている。四つん這いの子供たちは、住む者もなく荒れはてた家の玄関にむかった。カジューコが釘をひっこぬいて扉を押し、全員そろってホールに入った。その拍子に、むっとするような熱気につつまれた。乱雑に積みかさねられた、ふすま入りの袋が、階段状に板壁のきわまで達している。反対側には、背の高い食器戸だながあり、そこからよじ登ると、虫食いだらけの家具がならび、黄ばんだ新聞が散乱している部屋に入ることができた。子供たちにすれば、部屋は小蟹が住む洞穴《ほらあな》みたいなものだった。海岸で釣りをしたとき、蟹が、淡い緑色の影につつまれた、どこまでも奥深くひろがる、神秘的なすみかに逃げこむのを見た。それ以来、蟹がうらやましくてならなかったのだ。雲丹《うに》のように小さな体になり、そんな静かな迷路に入っていけるのだったら、お金をいくら出してもいいと思った。ともかく、子供たちはそのとき無人の家を見つけ、待望の隠れ家ができたのである。ひとりひとりが蟹になったつもりでいたので、いまいる部屋が海底にあると言われたら、そのまま信じたにちがいない。だから、もし誰かが窓をあけたら、全員おぼれ死ぬだろうと考えた。洞穴を見つけたことをひた隠しにした子供たちは、同じ地区のほかの子供たちの前で優越感にひたった。一方、仲間はずれにされた連中は、カジューコの家来のやつらだけが甘い汁を吸っているようだとにらんだ。カジューコたちが《海辺に洞窟をもってるんだ》という噂を聞いたり、午後のあいだ姿をくらましていた彼らが、ふしぎなオーラにつつまれ、はしゃいだ様子でもどってくるのを見たりした。すると、いっぺんに眠気がふっとび、あたりにねたみのこもった異様な空気が流れた。カジューコ一味は、さまざまな陰謀をめぐらし、タブーをつくり、魔術的なかんぬきをもち、ばかげた落書きをし、果樹園の塀のそばを通るたびに、そこにはめこまれた巻き貝にわけもなくさわるという噂になっていた。けれども、小蟹のいる洞窟のありかは、相変わらず誰にも知られていなかった。対立する一味のひとりが、聖域に迷いこんだことがあった。そのとき、洞窟の主は容赦なくリンチを加えた。書類がぎっしりつまった机の引き出しで、ちょうど自分たちの女王を見つけたばかりだったので、許すわけにはいかなかった。じつは、フランスの雑誌をあけると、女が一糸もまとわず、浜辺に立っている版画がのっていたのである。ふしぎなことに、正面から描いてある女の目は、どの角度から見てもこちらを凝視していた。そのまなざしのとりこになった子供たちは、乳房と太ももがあらわに見えているのでうろたえた。自分たちが性にめざめたことにショックをうけたのだ。やがて、性的なたかぶりを感じたばかりに、びっくりするほど清純な乙女をあがめることになった。ひとり残らず、魅せられたように崇拝の気持ちをこめて愛した。乙女の像が、子供たちに欠けていた宗教的な熱情をよびさましたのである。乙女の前では、卑猥なことばを口にしたり、用をたしたりするやつはいなかった。子供たちは、むせかえるような暑さの中で、まるでこの世に自分たちだけしかいないかのように、いつまでも乙女の姿に見入った。ようやく、カジューコがいつものように、ほつれたコルセットのゴムを鳴らしてこう言った。

「よし、このへんで切りあげようぜ」

女王は引き出しにもどった。子供たちは食器戸だなによじ登り、袋を積みかさねた階段をおりると、玄関を閉めたあと、瓢箪畑にもぐりこみ、塀の出口から黒い浮子《うき》のようにぬっと顔を出した）。〈洞穴はそっとしておく〉必要があると思ったとたん、カジューコ一味の表情が変わり、いつもの悪童にかえった。ひとの家や樹木、それに動物をとうとぶ気持ちや廉恥心がなくなり、キューバ生まれの子供がそなえている荒々しい本性が丸出しになった。爪のしっぽ代わりに、ジレット社製の剃刀《かみそり》や鋭いガラスの破片をつけ、きたない手を使って相手の爪をやっつけた。悪がきどもは、分散して近所の家に入りこみ、マンゴーの木に石をぶつけたり、花をむしりとったり、瓢箪をひきちぎって穴のあいた茎で笛をつくったり、果樹園や庭をめちゃくちゃに荒らしまわった。メソジスト派の学校から帰る途中の生徒にむかって、うらみでもあるかのように何日も石つぶてを投げた。きれいに髪をととのえ、清潔な靴下をはいた女生徒が通ると、ズボンのボタンをはずしはじめたので、女生徒は英語の教科書をしっかり胸に抱いて逃げだした。近くの家の婦人が、頭のおかしい姉を部屋にとじこめているとわかると、空き缶や棒きれを屋根の上にほうり投げ、姉をかんかんに怒らせてしまった。まだ、そのわめき声が塀のむこうで聞こえているというのに、ぼろを着た悪がきどもは、もう気の小さい老人をからかっていた。この老人は、チキンスープという綽名がつけられていた。けれども、それだけの理由で、ひとを殺しかねない物騒きわまる男だったのである。気が狂った老人はナイフを抜きはなって、さんざん悪態をついた。子供たちは、街角から顔をのぞかせながら、こうはやしたてた。

「チキンスープ、チキンスープ」

「それにしても、あきれた連中だな」とメネヒルドは考えているうちに、笑いがこみあげてきた。

メネヒルドは笑った。悪がきどものいたずらを見て笑った。〈おれはもはやあんなまねをする齢じゃない〉と考えた。でなかったら、よろこんで仲間に入り、悪さをしてまわったことだろう。田舎にいた頃は、大地をふみしめる者は太陽や月、あるいは樹液がそなえている規律に従わざるをえなかった。けれども、都会に住みついて以来、田舎のことはすっかり忘れ、ものぐさな暮らしになじんだので、無精な生き方が身についてきた。アパートの家賃は、マレー種の闘鶏を売りとばしてすませた。ロンヒーナは、カンディダ・ヴァルデスの情夫がやっている洗濯工場で、アイロンかけの仕事に精を出していた。生活にゆとりがあるときは、誰も肝心な問題を考えようとしないが、いずれ、そうした問題がもちあがるはずだった。メネヒルドには、階級意識はなかった。そのかわり、おれには甲斐性《かいしょう》があると思っていた。体じゅうに力がみなぎっているせいで、皮膚はぴんと張りつめ、暑さや寒さをものともしなかった。冷たい飲みものをのんだり、安葉巻をすったり、女を抱くことができたので、筋肉や気管支、それに一物をとおして生きていることを実感した。形而上的な悩みをかかえることはなかった。しかも、仕事もせずにぶらぶらしていると陰口をたたかれる気づかいもなかった。結社に加入してからというもの、ときどきニャーニゴの連中が訪ねてきたので、自分が働いていることや、ロンヒーナのお腹で育っている赤子が路頭に迷うことはないのを、アパートの住民に示すことができたのである。フィシカ・ポプラル・セクステットのメンバーが、黒いアントニオに代わって訪ねてくることもめずらしくなかった。

「エルピディオのやつが、しょっぴかれたんだ。それで、今夜、ボンゴをたたいてほしいんだが……」

「場所はどこだ」

「ファナ・ジョビスニータの邸で、パーティーがあるんだ」

「出演料《ギャラ》は出るのか」

「焼酎と食いものは出るけど、金は出ないんだ。だけど、心配するな、政治家から何ペソかせしめてやるから」

「じゃあ、決めた」

夕やみがおりる頃、コントラバス、マリンブラ、ギーロ、マラカスをもった連中が、街角をまがり、一列になってお客でごったがえす邸に入った。中庭にぶらさげてある赤提灯《ちょうちん》の下に陣取ると、流れはじめたソンのリズムが、津波のように隣家の屋根をこえていった。ワイシャツ姿の男たちが、玉虫色に輝くサスペンダーと、バックルつきのベルトをひけらかしながら、女主人が買い入れてきた女たちを抱いてゆっくり体を回転させた。ダンスを楽しむ者は、中庭だけでなく、広間や食堂、ファナの寝室にまでひろがった。ファナのベッドには、帽子やシャツのカラーが脱ぎすててあった。パーティーは、獲物をねらう獣《けだもの》のように悲しいまでにみだらな空気の中で、予想どおりに進んだ。とうとう、酔っぱらったお客がしつこくからみはじめた。楽団員は、バターライス添えの鶏肉料理とラム酒をふるまわれた。けれども、金をせしめるためには、お客をたたえる歌を披露しなければならなかった。そんなときいつも、ウニィータ市会議員とアニセート・キリーノ上院議員候補、あるいはファン・ペンディエンテ代議員がカモにされた。やがて、モントゥーノ〔キューバ東部の山地風のソンの意。ゆっくりした歌と演奏の第一部とは好対照の、ソロとコーラスのかけあい式による、ダイナミックな歌と演奏の第二部を指す〕による讃歌がはじまった。

ファン・ペンディエンテは、

未来の大統領だ……

ファナ・ジョビスニータのダンスパーティーでは、こんなかたちで政治家がほしがる要職がつぎつぎにつくられて持ちあげられた。おかげで、メネヒルドはハンカチに二ペソつつんで家に帰ることができた。仕事に出かけたのだが、それを愉しんできたところはメネヒルドらしかった。

39　洗礼者ヨハネの斬首

カンディダの母親、クリスタリーナ・ヴァルデスは、アフリカハネガヤの燃える匂いや、牛臭い空気がただよう地区ととなり合わせの、郊外に住んでいた。クリスタリーナの邸の中庭には、二本の小さなマモンの木〔小さな丸い実のわりに大きな種が入っているキューバによく見られる木〕、深くほられた井戸、レーニンの胸像、バラの繁みがあった。床に赤石をしきつめたコロニアル様式の邸は、いつも薄闇につつまれている。室内でいちばん高いところにある、戸棚の縁どりや渦まき形のもち送りの上に、水をいっぱい張った素焼きの壺、茶碗、グラスがのせてあった。応接間の壁には、アラン・カルデック〔筆名。一八〇四―六九。フランスの教育学者・哲学者・交霊術者。さまざまな宗教をひとつに統合しようという野望を抱いていた〕の肖像画がかけられ、そばには秘密結社をあらわす三角形、イタリア風のキリスト像、〈スイスで印刷された〉《プリンティッド・イン・スイッツアランド》キューバ風の古典的な聖ラサロ像、マセーオ〔一八四五―九六。アントニオ・マセーオ・グラハーレス。独立戦争で活躍したキューバの将軍〕像、ヴィクトル・ユゴーのマスクがならんでいる。クリスタリーナ・ヴァルデスに言わせると、偉大な人物というのはすべて送信機のようなものだった。彼らは、いわく言いがたい宇宙的な力を送りつづけており、そうした力はふりそそぐ陽の光にも、また卵子が受精するときや、大きな列車事故が起きるときも作用しているのだ。そんなわけで、死んだ著名人の肖像画や胸像、模型、カリカチュア、写真といったおのれの目にふれたものをとりそろえ、〈降霊術研究センター〉の保存資料にしていた。あらゆる神秘説は、アラン・カルデックに擁護されており、正当なものと見なされた。カトリック教、リヴァイバル〔キリスト教では聖霊のはたらきにより集団的におこる信仰心のめざめを指す〕の実践、魔術、さらには少数の奴隷があがめていた〈聖者〉、はてはマホメットにそれとなくふれることもそうだった。おまけに、クリスタリーナにしかできないことがあった。その頃になると、音楽にのせて伝統的な節まわしで物語をきかせる語り部は見当たらなかったのだが、クリスタリーナにはそれができたのである。門番の老人がスペイン女王と結婚した話や、ぐうたらな黒人がヒコテアというあまり大きくない三匹の亀に畑をたがやさせた話、あるいは地球が海にころがり落ちたとき、かしこい黒人が動物をひとつがいずつ大きなカヌーにのせた話は、そうして語りつがれた。クリスタリーナには、よくものが見えた。だから、《今日の午後は、うちの前を通る者はひとりもいないよ》と言うと、じっさい、邸の前の露地はがらんとしていた。

日曜の夕まぐれに、カンディダが信者をつれて研究センターの集まりにやってきた。エルピディオ、左官屋、クレスセンシオ・ペニャルヴェール、それにメネヒルドとロンヒーナは、デリシアス・デル・カルメーロから乗り合いバス《グアグア》で到着した。農夫は、サトウキビの汁がべっとりついた山刀をもって、都会と田舎の境にあるクリスタリーナの邸を訪れた。エネジェグエジェー・ロッジの礼拝堂が近くにあったので、メネヒルドは、出席者の中に結社員がまじっているのがすぐわかった。蓄音機から

〈教会音楽〉が流れはじめると、集まった人びとの心が落ちついた。なにかのまちがいで熱帯に迷いこんだとしか思えない弦楽器が、『ローエングリン』〔ワーグナー作曲のオペラ。三幕。一八五〇年初演。パルジファルの息子で聖杯の騎士であるローエングリンが、ブラバントの王女を救い、名をたずねることを禁じて結婚するが、背かれる話〕序曲をかなでると、霊界との鎖がつながりはじめた。研究センターにくる常連の中に、クリスタリーナにすれば顔を見るのもいやなアティラーナという女がまじっていた。白人と黒人とのあいだに生まれた、いわゆるムラータの彼女は、かねてから霊媒になりたいという野心を抱いていた。言ってみれば、夕べの集まりの名声を落とすことになりかねない爆弾をかかえているようなものだった。暗い岸からとどくお告げをきくにふさわしい雰囲気になったとたん、邪魔っけなアティラーナが憑依状態に入ったふりをしたので、クリスタリーナが何日もかけて準備した仕事が水の泡になりかけた。そのとき、また、やっかいな出来事が起きたのである。腋臭《わきが》の匂いがただよう静けさがおとずれ、心霊現象によっていまにも物が空中に浮かび、テーブルが回転しはじめるように見えた矢先、アティラーナが静けさをやぶった。

「兄弟たちよ《エンマノ・ミオ》、わしは使徒マルティー〔一八五三―九五。ホセ・フリアン・マルティー。ハバナ生まれの詩人、作家。独立戦争のとき東部ドス・リオスで戦死。〈キューバの使徒〉と呼ばれた国民的英雄。詩人としては近代派の先駆的存在。詩集に『イスマエリーリョ』『素朴な詩』ほか〕の霊《エッピリトウ》にほかならない」

部屋の奥で、腹立ちまぎれにからかうような声があがった。誰かがこう叫んだ。

「クリスタリーナが憑依状態に入れるようにしてやれよ。霊媒でもなんでもないあんたが、でしゃばることはないぜ」

「あたしは使徒の霊、そう使徒の霊である」

クリスタリーナがこう命じた。

「霊界との鎖をたち切らせなさい」

アティラーナは、汗をかいた手をとおして鎖が切れたのがわかった。けれども、彼女は、大きくひらいた瞳で高いところを見つめたまま、平然と先をつづけた。

「……わしは、おまえらのあいだにおりてきたのだ、兄弟たちよ……」

クリスタリーナのそばに座っていた巡査は、この女《あま》を黙らせる決め手はこれしかないと思った。

「そいつに催眠液をかけてやれ」

クリスタリーナは、戸棚の縁どりの上にあるグラスをつかむと、中の液体をアティラーナのひたいや肩、それに腕にあびせた。アティラーナはぎくりとした様子で顔をひきつらせた。指先を痙攣させながら、瞼をとじると、きつい調子でこう叫んだ。

「がまんするんだ。もう道具を使ってコーヒーを焙煎したから」

意識がなくなることほど、縁起の悪いことはない。それが怖くなった霊媒のアティラーナは、口をとじると、ひどく衰弱した。ふたたび霊界との鎖がつながった。けれども、呼びかけに応じてくれる霊はひとつもなかったので、ロセンドの霊を呼びはじめた。その夜の集まりは、大して面白くなかった。それでも、メネヒルドには、帰りの乗り合いバスでいっしょになった黒いアントニオに、洗礼者ヨハネの死刑執行人《ヴエルドウーゴ》にならないかと声をかけられ、それをひきうけただけでも来た甲斐があった。バスのタイヤが、道の穴ぼこにはまるたびに、三つ又の上でゆれるカーバイトの灯が、消えてはともり、消えてはともりした。

空き地に、遊園地ができた。そこは毎年、秋になると、サーカスがやってきて巨大なテントが張られる敷地のとなりだった。サーカスがきた午後は、うす汚い象や、こぶがずり落ちそうな駱駝、三頭のハイエナ、檻に入れられたライオン、それに、色あせたレオタードに身をつつんだ曲芸師が鈴なりになった何台もの車が、目ぬき通りをパレードした。そのあとに、カジューコを大将とする悪童どもがつづいた。パレードがはじまり、ロケット花火が打ちあげられると、群衆がどっと空き地に押しよせた。そこには、二十の掛け小屋とジェットコースターが、忽然と大地からあらわれた。ストリップ小屋のとなりでは、オリノコ河でとれたボア蛇がうたた寝をし、はてしない無聊《ぶりよう》をなぐさめていた。そこから離れたところでは、侏儒が〈黒人に水あびをさせるために〉水の入った球をぶつけようとかまえていた。黒人のほうは、腹を立てるわけでもなく、折りたたみ式の梯子のてっぺんに登って震えていた。予約制の博物館には、梅毒にかかったマネキン人形が展示してあった。すぐそばには、世にも不思議な見世物がならんだ内部を、一カ所からのぞくことができる小屋が建ち、手まわしオルガンからは、七音でつくった交響楽がくりかえし流れていた。

> **カカクの驚異**
> **洗れん者ヨハネのさん首**
> 入場料　一〇センタボ

油で玉葱を炒めているので、もうもうと湯気が充満している遊園地のはずれに、ぽつりと赤い小屋がたっている。前には、ナイフでひとを切りつけたときのように、血しぶきが飛び散った首と胴体を描いた、むごたらしい看板がかかっていた。ターバンのようなものにおおわれたひな壇の上では、長い赤の上っぱりをはおったメネヒルドが、肩にボール紙の斧をかつぎ、逃げ場のない獣のように行ったりきたりしている。ときどき思い出したように甲高《かん》い声でわめくと、観客にむかってひざまずき、斧に口づけした。それから、供物みたいに斧を高くかかげた。《聖者の首をはねるめぐりあわせになった男の災難》を演じるべきだな、と注文をつけられたメネヒルドが、自分の役どころをみごとにやってのけたので、黒いアントニオはびっくりした。メネヒルドは、自信あふれる演技で死刑執行人になりきったのである。もし小屋のまわりに詰めかけた野次馬のあいだから、羊皮をまとった洗礼者ヨハネが姿をあらわしたら、一刀のもとに首を切り落としたにちがいない。そんなわけで、メネヒルドのことをやっかんだクレスセンシオ・ペニャルヴェールに、《あんなもの、芸でもなんでもないぜ》だとか、《ただの猿マネじゃないか》だとか、こきおろされたときも気にしなかった。半ばピラト、半ば役者のメネヒルドは、アパートですっかり人気者になり、処刑の見世物小屋でかせぐ金でなに不自由なく暮らした。ロンヒーナのお腹は、日増しに大きくなってゆき、夫とともにしあわせな日々を送った。それにつれ、サン・ルシオ砂糖工場の想い出は、しだいにヴェールにおおわれ、霞の中に消えていった。家族が住む故郷の家も、サトウキビ畑のあいだに隠れて見えず、泥くさい、みじめな、うらさびしい過去に埋もれてしまった。きっと、いま頃、田舎は夏のさかりの静けさにつつまれ、死んだような時間がつづいているはずだった。家のそばの作物は、節と節のあいだがゆっくりふくらんでいるにちがいない。けれども、工場からは物音ひとつきこえず、時計は十二時を指してとまり、耳に入るのは、吹きすぎる北東の風の音だけで、誰もが空きっ腹をかかえていることだろう。

ある夜、遊園地の仕事からの帰り道、メネヒルドは、パーティーがひらかれているはずのファアナ・ジョビスニータの邸にむかった。パハリート通りとアグア・ティビア通りが交差する街角までくると、歩道に黒山のひとだかりができていた。なにがあったかわからずにいるうちに、警察の護送車がフルスピードでそばを通りすぎた。その中の一台に、フィシカ・ポプラル・セクステットの面々が乗っているのが、ちらりと見えた。二台目には、黒人がぎゅうぎゅう詰めになっていた。見知らぬ顔ばかりだった。一方、軒さきに出たファアナは、さまざまな仕草を見せたり、唾をはいたりしながら、ばか野郎、こんちくしょうめと悪態をついていた。そのすきに、ファアナが目をかけている女どもが、帽子をつかんでそそくさと逃げだした。どうやら、恐れていたことが起きたようだった。ダンスが佳境に入った頃、アルマ・トロピカル・セクステットのやつらが、その界隈に姿をあらわし、ファアナの邸の前までくると、歌と演奏をはじめたのである。フィシカ・ポプラルの連中は、さっそく使い走りをつかまえて、目の敵《かたき》にしているやつらに、とっとと失せやがれと脅しをかけてこい、と言った。けれども、使い走りが押しかえされたので、双方が入り乱れたとっくみあいの喧嘩になった。太鼓がとびかい、水壺が砕けちり、コントラバスにひびが入り、ギターはめちゃくちゃに壊れた。とうとう傷害事件に発展したので、青い制服のおまわりがあらわれ、ひとり残らず逮捕することになったのである。「なんでつかまえなきゃならないの。どうしてなのよ」とファアナ・ジョビスニータは、すすり泣きながら怒りをあらわにした。

メネヒルドがアパートにもどると、みんなが事件を知り、目をさました。近所のかみさん連中は、髪をかきむしり、洗濯桶がところせましとならんだ中庭の闇を罵声がとびかった。重大なのは、ファアナの邸での出来事をきっかけに、数カ月おさまっていた因縁のふかい反目にふたたび火がついたことだった。仔山羊団のやつらは、山手に住んでおり、いちばん遠い家は丘にかこまれた谷にひろがっている。一方、ヒキガエル団は、海のそばまで伸びた通りに住んでいた。仔山羊団とヒキガエル団は、カーニヴァルのとき、どちらが壮麗な祭壇を出せるか、しのぎをけずったライヴァル同士だったのである。ヒキガエル団の者は全員、メネヒルドや黒いアントニオ、あるいはエルピディオ、フィシカ・ポプラル・セクステットの面々が属しているエネジェグエジェー結社ロッジの会員だった。それにたいし、仔山羊団は、アルマ・トロピカル・セクステットのマラカス奏者が、小悪魔をつとめる歴史あるエフォー・アバカラ結社に入っていた。こうして、正統派と自由派がふたたび対決することになった。古参組は、新参組よりニャーニゴ独特のことばづかいに詳しかったし、新参組がかえりみない儀礼を大事にした。それに、新しい会員をむかえるにあたっては審査がきびしかった。ともかく、戦いの火ぶたは切って落とされた。神の御名のたたえられんことを《ヤンバ・オー》。やがて、太鼓がひびきわたり、さまざまなシンボルや黄色い石膏像、礼拝堂がよみがえるにちがいない。

市街地では、無数の冷戦がはじまっていた。明日は、宝くじの発売日だった。毛布がわりの新聞紙にくるまり、輪転機のそばに横たわった新聞売り子同士が、ものすごい目つきでにらみあっていた。ちょっとした誤解がもとで、大喧嘩になることはまちがいなかった。山手でも海のそばでも、家々の軒先で、魔術に使われる瓢箪の木が花をつけていた。日曜日になると、礼拝堂の近くで、儀礼用の四つの太鼓がとどろいた。会員は敵意がむきだしになるにつれ、それぞれの結社への忠誠心がいっそう強くなった。警察の監視の目が光っていたので、最初の加入儀礼はこっそりおこなわれた。信者は、アパートの部屋にこもり、カホン太鼓や麦藁帽子をたたいたのである。四方の壁には、結社のシンボルや儀礼場をあらわす、一日で描きあげた絵が飾ってあった。そこには、シカネクアの椰子やグーグー鳴く魚、それにジェカネビオン河の蛇行した流れが、石墨でえがかれていた。ふたつのシンボルのあいだには、銅のブレスレットと四枚の牝鶏の羽でつくられた、ミニチュアの聖体容器《センセリボー》が立っていた。小悪魔は、円形のボール紙の上にのった人形であらわされていた。

エフィメーレ・ボンゴーよ、
御名のたたえられんことを。
エフィメーレ・ボンゴーよ、
御名のたたえられんことを。

サーカスのシーズンは終わり、洗礼者ヨハネは、どこかよその空の下で首をはねられていたので、メネヒルドはかならず自分の仲間の集まりに顔を出した。エフォー・アバカラ結社とエネジェグエジェー結社は、まだ相まみえてはいなかったが、きなくさい空気がただよっていた。

40　悪魔

　嵐をはらんだ雲が接近し、目には見えない戦いのときが迫っていた。その日の午後、秋の雷鳴が空にとどろき、陽の光はさえぎられ、都会は日蝕のように暗くなった。まだ、水平線のあたりは、雨が降り出しそうになく、海はおだやかで波も立っていない。メネヒルドは、簡易ベッドに横たわり、胸にぐっしょり汗をかいていた。そのとき、カジューコが部屋にかけこんできた。

「黒いアントニオが、ヤバイことになりそうだから、すぐ広場までこいと言ってるよ」

「よし、わかった」

　メネヒルドは、シャツのボタンをとめ、ベルトをしめると、片方のポケットにナイフをしのばせた。

黒いアントニオは、カフェ・パリの軒さきを借りている靴みがき用の椅子のそばで、眉をひそめて待っていた。

「どうしたんだ」とメネヒルドが訊いた。

「なにか起こるかもしれないので、このへんにいてくれ」

「どういうことだ」

「エフォー・アバカラ結社のやつが、喧嘩を売りにきやがるんだ。仲間をつれてきたら、ふたりで片づけようぜ。おまえはとぼけた顔をしてりゃいいよ」

「いいとも、おれも男だからな」

ふたりは口をつぐみ、喧嘩相手がやってくるのを待っていた。アントニオは、一見ぼんやりした様子で、そのじつぬかりなく広場の四方をうかがいながら、靴を二足ほどみがいた。だしぬけに、アントニオがこうつぶやいた。

「あそこに、あらわれやがった」

メネヒルドがはじめて目にする黒人が三人、いちばん近くの街角に立っていた。その中のひとりが仲間から離れ、靴みがきのほうにむかってきた。アントニオは、ブラシ入りの木箱や靴墨の缶に目をやりながら、敵意にみちた冷ややかな表情を浮かべた。相手は、挑発するように片腕をひじかけ椅子の上にのせた。けれども、アントニオは顔色ひとつ変えず、こう言った。

「ひと息入れる場所っていうのは、どんなところにもあるもんだな」

黒人はかまわず、もう一方の腕ものせた。

「こうやると、楽なんだ」

「たしか、そうやってゆだんさせておいて、ナイフでぐさりときやがったやつがいたな」

「心配するな、そんなこと、しやしないから」

しばらく、にらみあっていた。メネヒルドは、アントニオのやつ、なにをぐずぐずしてるんだ、さっさとこの哀れな野郎に襲いかかればいいのに、と思った。そのとき、従兄は急に立ちあがると、ポケットに手を伸ばした。

「この悪魔をよく見ろ」

痙攣した指さきの、バラ色の爪のあいだで、黒数珠をつないだ首飾りが、手負いの蛇のように身をくねらせていた。アントニオが、鼻の高さまで手をもちあげると、相手はぞっとしたような目つきで、その不思議な生きものを見た。そして、すぐに飛びのいた。

「おい、この悪魔、すごい魔力をもってるじゃないか」

敵は、ふたりに背をむけて逃げだし、街角で待っていた仲間のもとにひきかえすと、三人そろって遠ざかっていった。メネヒルドは、感心した面もちで従兄をながめる。そのあいだに、悪魔はポケットにもどった。

「ちゃんと首飾りを用意してたんだ」とアントニオが叫んだ。「こいつにかなうやつなんて、いやしないさ」

メネヒルドは、そうした魔除けを準備する儀式の光景を思いかえした。魔術師は、白木のテーブルのむこうに座ると、どろどろした液があふれるほど入った椀の中から、さっきの首飾りのような鎖をとりだす。そのとき、鎖は、ひとの胸の上で螺旋状にくねったり、∞の字になったり、円をえがいたり、這いずりまわったり、ぴくぴく動いたりするのである。それがあまりにも真に迫っており、まるでひとの心臓を鼓動させる命をそなえているかのようだった。

「これから、死んだやつを買いにいかなきゃならんのだ」とアントニオはひとりごとのように洩らした。

「死んだやつをかい」

「ああ、墓地までいってくるよ」

メネヒルドは、首筋が寒くなった。そういえば、パウラ・マチョやアデーラ農園のハイチ人たち、あいつらは遺骨をもて遊んでいやがったな。それに、ハリケーンだけど、あの夜、年をとったおやじのウセビオが見たやつは、半端じゃなかった。けれども、こんどはアントニオが死者をあつかうわけだから、ちょっと事情がちがう。いまわしい力も、アントニオのためにおさまるかもしれん。昔、魔術師にさらわれ、生贄になった少女ソイラは、その霊魂が飛んでゆく岸辺しだいで、顔色も変わったし、はらむ意味も変わったそうだから。

「今夜にも、出かけるつもりだ」とアントニオがつづけた。「聖テレサは、ある日は男、つぎの日は女と性をくりくり変えながら、すべての死者をとり仕切っているから、《聖女さま、ひとりおわけください》とお願いすればいいんだ」

「で、そのあとは」とメネヒルドは心もとない口調で訊いた。

「その先の話は、まだおまえにゃ、わからんよ。いずれ、《さすがはアントニオだな》と思う日がくるはずだ。ともかく、往生してないやつをひっぱりだすのさ。往生していないやつをな。まだ成仏《じょうぶつ》してないという意味だ。おまえはそいつをつれていき、敵に立ちむかわせればいいんだ」

「敵に立ちむかわせりゃいいのか」

「そうとも、放してやりゃいいんだ」

「敵には、死んだやつが見えるのか」

「いや、敵にも、おまえにも見えないけれど、その場にいるのはたしかだから、首根っこをつかんで墓地にかえしにゆくんだ。それでやっと、死んだやつは成仏できるってわけさ」

「死んだやつに襲われたら、どうなるんだ」

「そんなことがないように、悪魔をつれてきたんだ」

アントニオはポケットに手を伸ばした。

「こいつの魔力はすごいぜ」

アントニオの声の調子が変わった。

「やつら、もどってこないから、そろそろひきあげようぜ」

「じゃあ、バイバイ」

「ああ、あばよ」

メネヒルドは、黒いアントニオから遠ざかった。けれども、ふと心配になった。さっき、アントニオに喧嘩を売ろうとした不運な結社員野郎が、死んだやつをつれてきていなかったと誰が言えるだろう。ひょっとすると、悪霊のようなものを首筋につけていたかもしれない。ま、それはないだろうな。悪魔がすぐそばにいたんだから。死んだやつでも、アントニオが用意した首飾りの防壁を乗りこえるのはむりだ。首飾りのぐるりには魔力がはたらき、強いやつらを包囲してしまうからな。だけど、それではやっつけたことにはならない。

41　降誕祭の前夜

降誕祭の前夜になると、クリスタリーナ・ヴァルデスは、すべての友人を降霊術研究センターに招いた。年に一度、おのれに身びいきをしてくれる流れをつくりだし、その流れを目には見えない幸せの電池にためる必要があると考えていたのだ。だから、招待した人びとは、この屋根の下で好きなように飲み食いし、踊ってくれりゃいいんだよ。今日かかる費用ぐらい、宝くじスタンドや、チャラーダ賭博をやってる中国人が持ってくれるにちがいないもの……。そんなわけで、クリスタリーナ・ヴァルデスは、仔豚を殺してまるごと一頭ふるまったこともあった。まず、グアバの木の葉をしいた地面で下ごしらえをする。つぎに、熾火《おきび》がもえる穴の上にかけられた豚に、橙《だいだい》の汁、オレガノ、すりつぶした大蒜《にんにく》がひっきりなしにふりかけられると、肉はしだいに狐色に焼けていった。夕暮れに、アパートの住人がカジューコ以下の悪がきどもをひきつれてやってきた。メネヒルドと黒いアントニオが音頭をとったので、エネジェグエジェー結社の会員も顔をそろえた。中には、差しいれとして、甘口の葡萄酒やラム酒、あるいはパラフィン紙につつまれたマリアというクッキーを厨房《ちゅうぼう》にとどける者もいた。ひんやりした、しのぎやすい夜だった。いくつものギター、ボンゴー、四つのマラカス、大型のマリンブラが、裏庭の塀にそってならんでいる。クリスタリーナご自慢の媒介者たちが、めずらしく霊魂の社《やしろ》から外に出されていた。レーニン、ナポレオン、リンカーン、アラン・カルデック、十字架にかけられたイエズス・キリスト、それらの胸像や全身像が、テーブルの上にならんでお祭りを見守っていたのである。招待客は、それぞれ気に入った場所に座った。はじめに、ブリキの小さな壺に入った酒が出され、数口飲んだ者は壺をふったあと、つぎの者にわたした。二、三人が葉巻に火をつけると、夕闇の中で音楽が流れはじめた。あたりは、平穏な空気がみなぎっている。主のご生誕を祝うために、市内の工場は、驢馬や牛のような荒い鼻息をはくのをひかえている。中庭では、子供たちがお月さん遊びをしていた。

その日はお祭りだったので、ロンヒーナはおしゃれをしていた。頭にすてきな黄色の絹のスカーフをまき、耳には赤のプラスティックの飾りをつけている。カンディダ・ヴァルデスはおろしたての肌色の靴をはき、クレスセンシオはト音記号のかたちのタイピンを上着の襟につけていた。アントニオはというと、買ったばかりのパナマ帽をかぶり、メネヒルドの頭部からはオーデコロンの香りがただよっている。招かれた客がさげてきたランタンが、楽団員のまわりにおいてあった。歌い手との音あわせが終わり、ソンの演奏がはじまった。打楽器は、冷たい空気の中で震えたあと、力づよく鳴りひびき、ひどく熱帯的なハイカイを読む声がひろがった。

オリエンテ州のソン、
熱いソン、
オリエンテ州のおれのソンかな。

同じリズムにのって、いっせいに歌声があがった。クラーヴェスというまるい拍子木がぶつかりあい、澄んだ音をひびかせた。悪酔いする酒のように、頭まであがってきた太鼓の音がますます激しくなった。体が勝手に動きだした連中が、わめきながら肩をゆすっている。黒いアントニオは、玉虫色のスカーフの両はしをひっぱり、ひとりでダンスに興じはじめた。すぐに、そのまわりに踊りの輪ができた。

おい、このマラカスの音は冴《さ》えてるぜ。
おい、このティンバルの音も冴えてるぜ。

闘鶏場であがる喚声そっくりの声が耳に入ると、踊り手はふるいたち、蜜蜂のように腰をくねらせた。エロティックな感じで腰をふりながら、スカーフを投げたあと、螺旋状にまわった。やがて、地面に落ちたスカーフをひろいあげ、口にくわえた。ひとつもむだなステップはなかった。だしぬけに、興奮したような叫び声があがった。
音楽が熱気をおびた頃、メネヒルドはダンスの輪に入った。アントニオとメネヒルド、ふたりの踊り手は、いまにも敵に襲いかかろうとする猛獣のように、にらみあった。ぐるぐるまわりはじめると、肩と腕をそれぞれちがったふうにゆすった。代わり番こに相手を追いかけたり、逃げまわったりしている。一方が男役になると、もう一方が女役になり、そうやって、さかりのついた男から女が逃げだす儀礼をよみがえらせていたのである。

「男をじらし、からかってやれ」と楽団員がはやした。

　円を描きながら、一方が他方を追いまわすこの儀礼には、もうひとつの意味がこめられていた。ふたりとも、相手に背中を見せないようにしていた。女のような行動をとることを嫌がっていたのだ。もし、うしろから追いつかれたりしたら、いちばんぶざまなかたちで犯された女と見なされるのである。ほろ酔いきげんのメネヒルドは、ダンスをやらせると堂に入ったものだったので、一同はソロで踊らせることにした。四本の手が、ニャーニゴ風の太鼓の前奏をはじめた。フエゴ結社は、このところ横暴な仔山羊団におびやかされていた。そのため、突然、鼓手は、結社にたいする忠誠心をたしかめようという気持ちになり、しばらく神聖なリズムを狂わせることになった。このひびきが風にのり、敵のやつらに耳にとどけばいいんだが。そうすれば、正真正銘の男というのは、川の流れにさらわれる小海老みたいに眠りこんだりしないことがわかるはずだ。踊り手の輪のまんなかにおかれている酒壜は、呪術師の祈禱をよみがえらせる儀礼の核になるものだった。メネヒルドは、眉をつりあげ、ひたいをひきつらせ、深刻な表情になった。小悪魔のステップをふむと、九十ミリの小さな手ぼうきで肩と背中をはき清め、木の枝をマコンボ棒〔ニャーニゴの儀礼で使われる杖〕のようにふりまわした。そのあと、ほとんど足を動かさず、体で重心をとりながら、勢いがなくなった独楽《こま》のようにまわり、あいさつをした。急にとまったせいで、体のぶれが手足からくるぶしまで伝わった。まるで硬直したミイラにでもなったかのようだった。足を動かせるものがあるとすれば、電流以外は考えられなかった。けれども、すぐにすべるように足を動かしたメネヒルドは、虻《あぶ》の羽を思わせるめくるめく速さで体を震わせたのである。かっと見ひらいた目でにらみつけ、彫像をも動かすことができる神秘的な力をそなえた体の上に腕をたたみ、酒壜のまわりを文字どおり飛ぶように舞い、みごとに三つの円をえがいてみせた。そのとき、魔術的な祈禱の伴奏をつとめたのは、バチで鳴らす二張りの太鼓だった。

いっせいに歓声があがった。カジューコが、水をなみなみとついだグラスをもってくると、メネヒルドは、黒い泡のように見える髪のあいだにのせ、ふたたび踊りはじめた。けれども、ひたいには一滴の水もこぼれなかった。

「いやはや、大した馬だぜ」とまわりの連中が叫び、メネヒルドをキューバ産の馬にたとえた。国産の馬は、胴がぶれないようにゆっくり歩くので、鞍の上に水入りのグラスをのせても大丈夫なのである。

メネヒルドは汗をぬぐった。ブリキの壺が集まった男たちのあいだをひとまわりするうち、三度かじったあばら肉をふりまわす男があらわれた。招待客は、甘口の葡萄酒とラム酒をちゃんぽんにしたせいで、酔っぱらっている。そのため、ことあるごとに笑ったり、急に押しだまったり、にこりともしなかった。こういうのを、お祭りっていうんだよ。媒介者たちも、愉しんでいるようだな。北東にゆれるバラの木は、褐色の棘《とげ》でアラン・カルデックの頭をなでていたし、レーニンは十字架の腕の下で瞑想にふけっているようだった。また、音楽が流れはじめると、こんどはみんなが踊った。カジューコひきいる悪童連は、地面から三十インチ〔スペイン語圏では二、三センチ〕ほど飛びはねて踊るルンバを発明した。けれども、新しいダンスをどうするかは、暗黙の了解で決まっていた。そのとき、ひどく興奮した様子のクリスタリーナは、思い思いに踊り狂っている者たちを手で制止すると、ひとりでダンスをはじめた。ほとんど体は動かさず、左右の足をかわるがわるあげた。招待客はひとり残らず、まわりに輪になって歩きだした。ひとつ目の輪は、上にあげた両腕をすこし前に傾けながら、左から右に、一方、ふたつ目は、両手を腰にあてて逆方向にまわった。鼓手が、ふたたび神聖なリズムを乱し、浮かれ騒ぎに使われる楽器からは、宗教的な太鼓の音にだけ応える音がきこえた。くぐもったような、とぎれとぎれの音は、調和がとれたりとれなかったりしながら、しだいにテンポを落としていった。それでも、ひとつに結びついていた。歌い手は、しゃがれ声でみごとな合唱を披露した。

オレリー、
オレラー、
オレリー、
オレラー、
オレリー、
オレラー、
オレリー、
オレラー。

歌い手が、ひとつひとつの音節をはっきり発音しながら、ソロでこう歌った。

媒介者イエズス・キリストよ、

媒介者聖バルバラよ、
媒介者アラン・カルデックよ、
媒介者オルルーよ、
媒介者イエズス・キリストよ、
媒介者イェマヤーよ……

さらに、巨大な宇宙的な力にむかって祈りが広がった。すべての血の神、恵みの神、聖体顕示台の神、性の神、聖餅《ホスティア》の神、磔《はりつけ》にされた神、波の神、葡萄酒の神、潰瘍の神、食卓の神、斧の神、翼の神、泡《あぶく》の神、オレリーの神がそれにあずかった。

オレリー、
オレラー、
オレリー、
オレラー、
そしてオレリー、
そしてオレラー、
そしてオレリー、
そしてオレラー。

アッシリアの魔術を髣髴《ほうふつ》とさせる儀礼の中で、一同は汗みずくになり、肩で息をしながらぐるぐるまわった。オレリー。手はひきつっている。オレラー。肉体は、ほかの肉体にふれ興奮していた。オレリー……。聖別されたいくつかの音《おん》からなる、おそろしく原初的な短い言葉がくり返しとなえられるうちに、熱をおびてきた。ひとの輪どうしが、磁気の力でくっつくように接近し、踊り手の足はほとんど地についていない。ふたつの輪が同心シリンダーのように、惑星系の幾何学にしたがってひきつけあった。歌声はしゃがれ、目はうつけたようにまわりはじめた。生きているひとの暈《かさ》の外では、無数にふえた手が、真っ赤になりながら、牛や山羊の革をたたき、熱狂した心のたかぶりに応えていた。おそらく、死ぬことよりも、突然、静かになるほうが怖かったのかもしれない。めぐりにめぐる儀礼の進行役たちは、すでにこの世界を離れていた。汗まみれのシャツはぬぎすてられ、地上に落ちていた。太鼓の音が体の芯までひびきわたった。酒くさい蒸気、腹部やももの付け根からでる蒸気が、動物的な鼻につんとくる蒸気とまじりあった。じきに、天から大いなる力がおりてくるにちがいない、と誰もが予感していた。張りつめた感じの動脈の中では、血液が振り子のようにゆれている。目には見えないものの、樹の上では媒介者が輪舞していた。聖バルバラとイエズス・キリスト、それにアラン・カルデックは、降臨するはずのものを祈禱者の群れのほうにひきよせてくれたのである。神秘の扉がすこしひらいた。機械を思わせる歌声が、狼狂《リカントロピア》の男が出すようなうなり声、吠える声、絶叫に変わってゆく。オレレレレリー。オレレレレレレラー。背を突きたてたダンサーたちは、胸が締めつけられるような気がした。さらに速く走ると、星々をちりばめたような法悦境《オルガスムス》をめざして舞いおりていった。扉がひらいた。木の葉が雪のようにふりそそいでいる。神がやってきたのである。そう、降臨した神がいまそこにいる。ひとの輪の中心で、うなる声がきこえる。老いさらばえたクリスタリーナは、目をかっと見ひらき、口から泡をふきながら、地上で身をよじらせたあと、痙攣に襲われ、バネのように体を伸びちぢみさせた。太鼓が鳴りやんだ。

「神だ、神がおりてきたんだ」

輪舞がとまった。

クリスタリーナは、腕を十字にくみ、肉のたるんだ太ももをむきだしにし、相変わらず叫びつづけている。神がのり移っているのである。いまのクリスタリーナは、神秘につつまれた天国にむかって開けはなたれた採光窓のようなものだった。その窓をぬければ、境界線がうすい水のヴェールほどまでに細くなった、知られざる世界に入ることができるだろう。邸の居間にはこぼれたクリスタリーナは、磁気をもったグラスにかこまれた椅子に腰をおろすと、耳もとでささやかれる質問に自動人形のようにこたえた。そのとき、アフリカの祈禱師と同様、行動の指針となることをのべたり、未来を予言したり、敵をなじったり、運命を予知したりするかもしれなかった。

けれども、神秘的なできごとは長くはつづかないものだ。奇蹟が長くつづけば、奇蹟でもなんでもなくなるからである。カンディダ・ヴァルデスは、招待客を外に出すと、神がかりとなったクリスタリーナをはげまそうと思って、しきりに魔術的な素ぶりを見せた。すでに、神はその場から飛びたつ支度をはじめており、扉は閉まろうとしている。ふたたび、ソンの音がひびいたとたん、扉が閉じた。儀礼の雰囲気が高まったまま放置するのは剣呑だったので、一刻もはやく冷ます必要があった。

あいつは伊達男《チェーヴェレ》のように闊歩している

けれどもおやじを殺したんだ……

黒いアントニオとメネヒルド、さらにクレスセンシオが、アロジャーオ〔アフロキューバ的な一種のダンス行進曲〕を踊り出したとき、ほかの連中は活気づいた。カジューコをはじめとする悪童どもをしたがえた踊り手の群れが、マモンの木がこんもり繁る中庭をひとめぐりしたので、梯子の上で寝ていた牝鶏が目をさました。

そのとき、ふしぎな音がきこえた。突然、胸の鼓動が狂ったような異様な音だった。ロンヒーナはなぜか怖くなり、水樽のうしろに身をひそめた。クリスタリーナとカンディダは、いちもくさんに駆けて暗やみに姿を消した。ランタンの明かりに照らされ、ソンの音がひびく方角で、腕や胴体が入りみだれ、飛びはねるのが見えた。ランタンの火屋《ほや》は、あっというまに砕けちった。闇の中からあらわれた黒人の集団が、招待客に襲いかかったのである。太鼓や瓢箪が宙に舞いあがった。ギターは、短い刃わたりながら、幅のある山刀で一刀両断にされ、明かりは足でふみにじられた。いたるところで、闇を切りさくような悲鳴がきこえた。指先にしたたる血をつけた者もいた。

「エフォーのやつらだ。エフォーのなぐりこみだ」

ひとつだけ残った石油ランプの明かりで、メネヒルドは対立する結社の連中を目にした。けれども、そのランプも足でけとばされてしまった。メネヒルドは、ナイフをかまえ、敵どものの中に切りこんでいった。

駆けまわる足音や、体当たりする音がひびきわたった。ナイフの刃が、はがねにぶつかる音がする。押したおされ、転ぶ者がいた。ロンヒーナは、おびえているせいか、背が伸びたように思える影が目の前をとおりすぎるのを見た。黒人が樽のそばまでやってきたが、ロンヒーナには気がつかなかった。山刀をふりまわし、なにかを物色しているようだった。その影は、邸の中に入ると、壁やベッドをたたき、革張りの椅子をひきさき、何度もこうわめいた。

「ちきしょうめ、隠れてないで出てきやがれ……」

けれども、もぬけの殻だとわかると、黒人は暗闇に姿を消した。

静けさをやぶるように、コオロギの鳴き声がひろがった。

42　死《キキリブー》んじまった

何かかたまりのようなものが、草むらで動いている。ロンヒーナが四つん這いになって近づくと、メネヒルドがまだ生暖かい血に染まり、うつぶせにたおれていた。

「メネヒッド、どうしたのよ、何があったのよ……」

けれども、返事はなかった。メネヒルドは、両ひじをついて起きあがろうとしたものの、ふたたびたおれ地面にひたいをぶつけた。ロンヒーナは、ぱくりと口をあけた喉の傷に指を押しあてた。

彼女は、肌が粟立つような恐怖にとらわれた。起きあがると、両手で頭をかかえながら、その場をぐるぐるまわった。そのあと、悲鳴をあげ露地にむかって駆けだした。明かりやひと、それに神の助けを求めにいったのである。暗闇の中で、神の名を呼んでいた。

やがて、石油ランプをさげた近所の男をつれてひき返してきた。男は、ランプを傾け、よく見えるように手をあてた。ロンヒーナは、生気のない体のそばにひざまずいた。

メネヒルドは、ナイフで頸部を切られたせいで出血がひどく、土気色《つちけいろ》になっており、傷口には蟻がたかっていた。

43　メネヒルド

サロメーは、雨が降っても濡れる心配のないバナナの葉陰で洗濯をしていた。竿秤のある工場にゆっくりと向かう、おんぼろの荷車は、きまってタマリンドの樹の下でとまった。

やせ細った黒豚は前庭でたわむれ、ヒメコンドルは雲の下を飛び、サトウキビは赤土に生え、そこに陽が射している。

「そいで、あんたのうちはどうなんだい……」

むんむんする草いきれと、糖蜜の匂いがただよう中で、サロメーはいつものように相手の家族のことを訊いた。

あれ、あれ、襤褸を着たうすぎたない黒人娘が、ここの細長い敷地にずかずかと入ってくるけれど、いったい誰なんだろう。サロメーは、オルチャータ〔カヤツリの地下茎やアーモンドのペーストに、水と砂糖を加えた白濁した夏の飲みもの〕色の水に手をつけたまま、じっとしていた。

「サロメーさん。メネヒッドの家内なんですけれど」

娘は、鞭で打たれた犬のような表情でサロメーに目をやっている。背はまがり、顔はほこりと脂《あぶら》あかにまみれていた。腹が突き出した、醜悪な、情けない恰好をしている。老いてはいたが、サロメーはこう怒鳴りつけた。

「ろくでもない娘っていうのはあんたかね。どうせ、性根《しょうね》の腐った母親がひり出したに決まってる。あたしから息子をかっさらっていったんだからね。アントニオのせいで、息子はごたごたに巻きこまれ、そのあとあんたにだまされたんだ。いまいましいったらないよ。恥しらずめ。で、息子はどこなんだい」

「殺されたんです。殺されてしまったんですよ」

サロメーは叫んだ。

「なんてことだよ。いまわしいことが起きたんじゃないか、とは思ってたんだけれど。それもこれも、あんたのせいだよ。それにしても、ひどいめぐりあわせじゃないか」

メネヒルドの幼い弟と妹は、口に指先をつっこみながら、ぽかんとした表情で、ふたりの女をとりかこんでながめていた。サロメーは、ロンヒーナに悪態をあびせた。ふたりは、顔をつきあわせたまま泣きわめき、うつけたようにくり言をならべたてた。とりとめのない話になったあと、ようやくロンヒーナは、降誕祭の前夜に起こったことを語りはじめた。あのとき、通夜と葬式をすませると、無一文になり、気がめいって何も手がつかなかった。けれども、うしろめたい気持ちに襲われながら、妻としてのつとめを果たそうと考え、都会をあとにした。歩きはじめて三日後に、はぐれた猫が本能的に飼い主の家にたどりつくように、気がついてみると、サン・ルシオ砂糖工場の煙突近くの小屋まできていた。ロンヒーナは、途中、居酒屋でわけてもらった残飯しか食べていなかったので、お腹をすかせていた。けれども、いまさらそんなことはどうでもよかった。いっそ死んでしまいたいと思っていたのである。

サロメーは、ロンヒーナの話をさえぎり、情け容赦なくこうたたみかけた。

「あんたなんか、どこかにいって野垂れ死にしてほしいよ。うちは、わざわいはもうたくさんだから」

ロンヒーナはうなだれ、両手で大きなお腹をささえながら、前庭を横切っていった。柵の戸をあけようとしたとき、サロメーが声をかけてひきとめた。

「いいから、うちに入りな。台所のかまどに、めしの入った鍋がかかっているから、食べていくといいよ……。食べ終わったら、どこかに消えて二度と顔を見せるんじゃないよ。あたいのせいで、メネヒッドの子供が死んだら、悔やんでも悔やみきれないだろうからね。それにしても、ひどいよ、息子をかっさらってゆくなんて」

ロンヒーナは小屋に入った。よそ者が闖入《ちんにゅう》したことに文句をつけるように、牝鶏が飛びはねながら外に出ていった。ロンヒーナは、鍋のそばにへたりこむと、半煮えのご飯を手づかみでかきこんだ。外では、サロメーが両腕についた涙を草でぬぐっている。

「ねえ、すまないけど、お昼のために、肉をゆでておくれよ。もうじき、ウセビオとルイ爺さんが帰ってくるんだよ……」

砂糖工場から出る煙の影が、黒いガーゼでかたどった家畜のように地上をすべっていった。

それから、三カ月がたつと、メネヒルドは生後、一カ月になった。目が飛びだし、臍が大きな黒い赤ん坊だった。袋をならべたベッドで、泣きじゃくりながら身をよじらせると、サロメー、ロンヒーナ、かしこいベルアーが目を細めて見入った。

赤ん坊がけがをしないように、聖ラサロ、つまりババユー＝アイエーの、いかにもキリスト教的な聖像の前で、聖テレサのろうそくの火が燃えている。

初稿：一九二七年八月一日―九日、ハバナ刑務所。

決定稿：一九三三年一月―八月、パリ。

訳者あとがき

「エクエ・ヤンバ・オー」とは

本書の表題「エクエ・ヤンバ・オー」とは、「神よ、御名のたたえられんことを」といった程の意味である。もともと、かつてアフリカ西岸のナイジェリアにあったヨルバ王国で話されていた言葉にほかならない。この言葉は、ヨルバ語もしくはルクミー語と言われるけれど、ヨルバ人が、コロンブスによるアメリカ大陸発見以後、奴隷としてキューバやハイチ、ブラジルに移住させられるとともに、それぞれの国に定着していったのである。

ここでいう「神」は、キリスト教の神ではない。アフリカ由来の呪術的な信仰の神と、スペインから移植されたカトリック教が表裏一体になったものなのだ。この宗教は、キューバではスペイン語でサンテリーア教、ハイチではフランス語でヴードゥー教、ブラジルではポルトガル語でカンドンブレ教と呼ばれ、それぞれ名称が異なっている。このなかでは、死体のまま甦った人間が跳梁跋扈する、おどろおどろしいゾンビ伝説とつながりのあるヴードゥー教が、わが国ではいちばんよく知られているであろう。そういえば、作品中には、主人公メネヒルドの従兄アントニオが、墓場でまだ成仏していない死体を買ってきて、それを使って敵に立ち向かわせるという話が挿入されていることが想い出される。

また、メネヒルドが秘密結社員《ニャーニゴ》になるための十八時間にわたる加入儀礼が描かれているけれど、この黒人の相互扶助組織はヴードゥー教と切っても切れない深い関係で結ばれている。目隠しをされたメネヒルドの身辺にいよいよ神があらわれるときに、むかしアフリカのギネアでも立ち会ったというものどもが、地下からぞろぞろ這い出してくる。「言葉を話す柱や、ものによじ登る頭蓋骨、歩きまわるはらわた、角のある呪術師、雨ごいびと、占いができる毛皮」がそうだというから、ゾンビ伝説ほど怖気をふるうことはないかもしれないが、こうした線を押しすすめてゆけば、きわめて似通った世界が現出することは確かであろう。

ハバナ・プラド街一番地

『エクエ・ヤンバ・オー』の末尾には、「一九二七年八月一日―九日、ハバナ刑務所」と、日付が記されている。

アレホ・カルペンティエールは一九〇四年の生まれ（一九八〇年没）なので、弱冠二十三歳のときに処女作の小説に手を染めたことが分かる。しかも場所が場所というか、七カ月間、政治犯として収容されていた刑務所の中だから、徴収した税金を着服したかどで収容された、セビリアの監獄のなかで『ドン・キホーテ』の構想を練ったセルバンテスを彷彿とさせるものの、驚きを禁じざるをえない。いったい何が彼の身にふりかかったのか。

じつは、当時、独裁政を敷いていたヘラルド・マチャード大統領に反対する〈少数派宣言〉Manifesto de Grupo Minorista なるものに署名したのが発覚し、共産主義者として告発され、収監されたのである。宣言は、「自国の芸術、一般にさまざまな宣言に見られる新しい芸術を支持する。公共教育の改革を支持する。キューバの経済的な独立を支持し、アメリカ帝国主義に反対する。世界、アメリカ大陸、そしてキューバにおける独裁政に反対する。ラテンアメリカの連帯と団結を支持する」という若者らしい向こうみずで意気軒昂な内容であった。

カルペンティエールは、一九七七年、あまり気乗りしないままハバナの〈芸術と文学〉社から再刊した『エクエ・ヤンバ・オー』に添えた「序」のなかで、こう述べている。

一九二七年、マチャード政権の警察に逮捕されたわたしは、プラド街一番地にそびえていた刑務所(そのいまわしい建物は、当時、ハバナのブルジョアが好んで散歩する美しい並木道に位置していたが、考えてみれば、シュルレアリスムめいた突飛なとりあわせである)における監禁生活のつれづれに、やがて処女作の小説となる『エクエ・ヤンバ・オー』を書くことを思いついた。修業時代というのは不安、困惑、迷い、躊躇がつきまとうものだが、この本にもそうしたものが顔をのぞかせている。

このときの半年余りの監獄体験が、小説の主人公メネヒルドが、恋に落ちた若妻ロンヒーナのために、大男の亭主ナポリオン殺人未遂事件をひき起こして逮捕され、首都の刑務所に護送されたあと、そこでくり広げる繫囚の自堕落な暮らしを描くさいに大いに生かされることになる。

フランス亡命とシュルレアリスムの洗礼

一九二八年三月、カルペンティエールは、ハバナで開かれた第七回ラテンアメリカ・ジャーナリスト会議に、ブエノスアイレスのラ・ラソン新聞の代表として出席していた、フランスのシュルレアリスト詩人ロベール・デスノスのパスポートと取材許可証を借りて、出航まぎわのエスパーニャ号に乗船し、キューバを脱出。フランスのサン・ナゼール港に着くと、在パリのキューバ大使館員マリアーノ・ブルルの計らいで、ぶじ念願の亡命を果たすことができた。フランスは建築家だった父親ジョルジュ・ジュリアンの母国であった。ちなみに母親リナ・ヴァルモンはロシア人で外国語の教師をしていた。

以来、一時帰国をはさんで、一九三九年まで、足かけ十一年にわたってパリで暮らした。そのころは、アンドレ・ブルトンがシュルレアリスム宣言を出して五年ほどがたち、シュルレアリスム運動の機運が高まった時期であった。カルペンティエールは、まもなく『ドキュマン』や『ビフュール』といった前衛雑誌に寄稿し、ブルトンに招かれて『シュルレアリスム革命』誌に記事を書くようになった。パリでスペイン語で発刊されていた『磁石』という文芸誌の編集長代理をつとめたこともあった。まさに彼自身のいう修行時代の始まりであった。

そのうち、シュルレアリスム関係の、ルイ・アラゴン、トリスタン・ツァラ、ポール・エリュアール、バンジャマン・ペレといった詩人や、キリコ、タンギー、ピカソといった画家、さらにはヘミングウェイ、ガートルード・スタイン、ジョン・ドス・パソスといった〈失われた世代〉のアメリカ人作家の知遇を得て、見聞を広めていった。

そして、一九三三年、二十九歳のとき、パリ滞在中に『エクエ・ヤンバ・オー』の決定稿を書きあげ、「やがて名声をはせることになるルイス・アラキスタイン、フアン・ネグリン、フリオ・アルヴアレス・デル・ヴァーヨという三人が創立したばかりのマドリードの」エスパーニャ社から発表したのである。

シュルレアリスムに至る前衛的な思想の流れ

前述した「序」のなかで、カルペンティエールは、前衛的なものがたどった流れを次のようにまとめている。

一九二〇年から三〇年にかけて、前衛という言葉は、意外にも政治的な文脈から切りはなされて、ある期間、新しい意味をはらむことになる。新しい思想がめばえると、（……）批評家と理論家は、既成の美的規範――すなわち、アカデミックなもの、公式なもの、趣味のよいブルジョアに好まれるもの――を断ち切るすべてのものを、前衛と評するようになった。

こうして、世界各地でさまざまな前衛的なイスモ、つまりイスムが生まれた。イタリアの未来主義、ロシアのシュプレマティスム、パリのキュビスム（第一次世界大戦以前のそれ）につづいて、一九一七年ごろ、チューリッヒでダダイスムが誕生した。それからまもなく、スペインの超絶主義《ウルトライスモ》がうぶ声をあげるが、この運動の影響はやがて、一九二二年から二三年以降、ラテンアメリカに飛び火した。おかげで、メキシコの騒乱主義《エストリデンティスモ》（この主義では、マヌエル・マプレス・アルセ、アルケレス・ヴェラといった詩人がとくに注目すべき存在）、それに、おおむね前衛主義的な色彩がうすめられたイスモが、〈舳先〉、〈プロペラ〉、〈頂点〉、〈螺旋〉といったブエノスアイレスの文芸誌や、何の気どりもなく〈前進評論〉（あえて〈前衛〉ではなく、〈前進〉としたもの）と名づけられたハバナの雑誌に登場した。いっぽう、そうした運動の法典が姿をあらわし、広く読まれた。スペイン語では、ラモン・ゴメス・デ・ラ・セルナの『キュビスムとそのほかのイスム』や、ギリェルモ・デ・トーレの『ヨーロッパの前衛文学』がそれである。そうこうするうちに、パリでは、自己破壊をもくろんだダダイスムの廃墟に、今世紀で最後ながら、いちばん重要な詩と芸術の運動となるはずのシュルレアリスムが生まれたのである。

未来主義の美学とキューバ的なものとの混淆

作者自身も指摘しているように、『エクエ・ヤンバ・オー』の第一章には、「あまりにも頻繁に前衛主義が正体をあらわしており、まったく冷や汗ものである」。ここでいう前衛主義とは、主として未来主義を指している（以下同じ）。

要するに、新しい文学は——前衛的になるようにつとめると同時に、ナショナリズム的でなければならなかった。それが問題だった《ザッツ・ザ・クエスチョン》。前衛主義とは、しゃにむに伝統を断ち切ることを意味し、ナショナリズムとはすべての伝統を尊重することにあったので、そうした目的を達することは容易ではなかった。わたしは若いハムレットのように懊悩しながらひとり言を洩らし、相反するものを融和させようと思ったが、どちらがプラスに振れ、どちらがマイナスに振れるかわからない状態にあり、けっきょく両者を混淆させたものを生みだすしか方法はなかった。これから読者がひもとかれる本は、うまく書けている箇所もなくはないが、キューバ的なものと前衛的なものが混在するかたちにならざるをえなかったのである。

海賊版の海賊版

一九三三年、マドリードのエスパーニャ社から出た『エクエ・ヤンバ・オー』には、カルペンティエールの「序」はついていなかった。ところが、四十四年がたった一九七七年、作者承認のもとで、ハバナの〈芸術と文学〉社から出た版以降、必ず「序」が付されるようになった。その理由については、作者自身がにがにがしくこう語っている。

一九六八年のある日、ザナンドゥー Xanandú というブエノスアイレスの海賊版の出版社が、誤字や脱字、数行にわたる脱落だらけの、おぞましい版をラテンアメリカ市場に流した。おまけに、本文の末尾には、「一九二七年八月一日―九日、ハバナ刑務所」と小説を書いた日付と場所を記していたのだが、それを勝手に省いている。これはどう見ても、『光の世紀』（一九六二）のあとに出た最新作だと思わせて、読者をたぶらかそうとするたくらみである。この版はすべての中南米諸国に出まわり、大西洋を越えてスペインの書店まで席捲した。あげくのはて、思い出したくもない名前のウルグアイの出版社が、海賊版の海賊版を出すことになった。

周知のとおり、スペイン語圏のラテンアメリカは、北はメキシコから南はチリ、アルゼンチンに至るまで、さらにカリブ海沿岸国を含めると、二十カ国に及ぶので、作者の目がゆきとどかないところで、おのれの作品が勝手に出版されることは大いに考えられることである。カルペンティエールは、それにもほどがあると言っているのだ。けれども、ウルグアイで海賊版の海賊版が出るに及んで、堪忍袋の緒が切れたのもむりはない。

このほかにも、「序」には、作者の自伝的な要素が取りこまれていること、つまり父親の寛大な計らいで、黒人のメネヒルドとは幼い頃の遊び友だちだったこと、そして家族ぐるみの付き合いがあったという興味深い事実が記されている。

また、作品の末尾近くで描かれている秘密結社《フリーメーソン》、もしくはヴードゥー教の加入儀礼については、『ラ・レバンバランバ』と『アナキリエの奇蹟』というバレエ作品の台本と音楽の仕事をいっしょにおこなった、作曲家アマデオ・ロルダンをともなって列席した儀式の、取材ノートがもとになっている」ことを明らかにしている。

そうしたフィールドワークは、第二作の長篇小説『この世の王国』（一九四九）や『失われた足跡』（一九五三）でも生かされることになる。前者を執筆するにあたっては、一九四二年に、妻のリリアとフランス人俳優ルイ・ジューヴェ同伴のもと、ハイチの黒人初の皇帝アンリ・クリストフの夢の跡であるサンスーシ（無憂）宮、ラ・フェリエール城塞、カプ市、ナポレオンの妹、ポーリーヌ・ボナパルトの旧居などを訪れた。いずれも、主人公マッカンダルが作品のなかで逃亡奴隷から身を起こし、変幻自在のヴードゥー教祭司になって活躍する舞台にほかならない。

そして、『エクエ・ヤンバ・オー』の「序」と同様、作者が批評家として力量を存分に発揮した、

『この世の王国』の「序」をひもとかれるとお分かりのように、作者は、〈現実の驚異的なもの〉lo real maravilloso がハイチにも存在することを発見するに到るのである。

想い出すことども

本書は、二〇〇二（平成十四）年三月三十一日、〈関西大学東西学術研究所　訳注シリーズ8〉として、同大学出版部から刊行されたものの改訳版である。

このたび水声社の格別のご好意により再刊するにあたり、旧訳に大幅な加筆修正をほどこし、面目を一新したつもりだが、はたして仕上がりはどうであろう。改訳が功を奏していることを祈るばかりである。

思えば、一九八五年、恩師木村榮一先生のお声がかりで、カルペンティエール『この世の王国』翻訳のお手伝いをすることになった。これは、まずサンリオ文庫に収められた。そののち、一九九二年、水声社から単行本として出していただくという幸運に恵まれた。そうしたえにしが今回の『エクエ・ヤンバ・オー』の刊行に繋がっているように思われる。

水声社編集部の飛田陽子氏には、現代メキシコ・シティーを舞台にしたスラップスティックな老いらくの恋物語、ファン・パブロ・ビジャロボス作『犬売ります』（二〇二〇）の出版のときと同様、多大なお力添えをいただきました。この場をお借りして衷心より御礼を申しあげます。

また、永年、アレホ・カルペンティエールの人と作品を研究しておられる、神戸市外国語大学専任講師の穐原《あきはら》三佳氏からは、段ボールひと箱ほどの貴重な資料を拝借いたしました。そのなかで、マドリードのアカル社版の註釈つき『エクエ・ヤンバ・オー』（二〇一〇）は大いに助かりました。イベロアメリカーナ社のモンセラット・ベセリル・ガルシアとアンヌ・マリー・ブルノーの共著『キューバ黒人語彙集　十九世紀の言葉と証言』（二〇一六）とともに、参考にさせていただきました。先生には、ご多忙中にもかかわらず、ご協力をたまわり、ご厚情、身に沁みました。

最後に、少し買いかぶりかもしれないけれど、「カタルーニャ人のドナルド・キーン」のような存在になりつつある、畏友イヴァン・ディアス・サンチョ氏には、アレホ・カルペンティエールの文体の難解な箇所を解きほぐしていただきました。ここに記して謝意を表します。

関西大学出版部から『エクエ・ヤンバ・オー』の元版を出して五年がたった二〇〇七年、ＮＨＫドラマ番組部オーディオドラマ班の方から電話があり、小説をラジオドラマ化して、いまでも続いている〈青春アドベンチャー〉というＦＭ番組で放送したい旨の問い合わせがあった。光栄なことなので即承諾したけれど、いかにもラテンアメリカらしい混沌とした事情により、お流れになってしまった。まさに夢まぼろしのように消えた〈青春アドベンチャー〉であった。

底本などについて

本書は、Alejo Carpentier. *¡Ecue-Yamba-O! Historia afro-cubana* (en la portada dice *novela afro-cubana*). Madrid, Editorial España, 1933. Ilustrada. の全訳である。ただし、巻末の〈語彙集〉*Glosario* は割愛させていただいた。

この初版本を底本にして、以下のほかの版、仏訳を適宜、参照させていただいた。

Alejo Carpentier. *Ecue-Yamba-O*. Barcelona, Ediciones Alfaguara S.A., 1982.

——, *Ecue-Yamba-O*. En *obras completas de alejo carpentier volumen I*, México, D.F. siglo veintiuno

editores s.a, 1983.
——, *¡Ecue-Yamba-O!* Serie Alejo Carpentier - Narrativa completa. Madrid, Ediciones Akal S.A., 2010.
——, *Ekoué-Yamba-O* suivi de *Histoire de lunes*. Paris, Editions Gallimard, 1988. Traduit de l'espagnol par René L.-F. Durand.

二〇二二年七月六日

平田渡

著者／訳者について――

アレホ・カルペンティエール（Alejo Carpentier）　一九〇四年、スイスのローザンヌに生まれ、八〇年、パリに没した。小説家。主にハバナで教育を受け、一九二四年から文化雑誌『カルテレス』に寄稿し、政治運動にも参加、マチャード独裁政権下、二七年に投獄される。二八年、フランスに亡命。五九年のキューバ革命後ベネズエラからハバナに戻り、文化活動に協力、晩年は外交官としてパリで暮らした。主な著書に『光の世紀』（一九九〇）、『この世の王国』（一九九二）、『追跡』（一九九三）、『方法異説』（二〇一六）、『バロック協奏曲』（二〇一七）、『時との戦い』（二〇二〇、いずれも水声社）などがある。一九七七年、ラテンアメリカ作家としてははじめてセルバンテス賞受賞。

＊

平田渡（ひらたわたる）　一九四六年、福岡県に生まれる。一九六七年から六八年までスペイン・セビリア大学文学部に留学。一九七三年、神戸市外国語大学大学院外国語学研究科イスパニア語修士課程修了。関西大学名誉教授。専攻、スペインおよびラテンアメリカの文学。主な訳書に、ブラウリオ・アレナス『パースの城』（国書刊行会、一九九〇）、アレホ・カルペンティエール『この世の王国』（共訳、水声社、一九九二）、マルセリーノ・アヒース・ビリャベルデ『聖なるものをめぐる哲学　ミルチャ・エリアーデ』（関西大学出版部、二〇一三）、フアン・パブロ・ビジャロボス『犬売ります』（水声社、二〇二〇）、共編著に、『スペイン語大辞典』（白水社、二〇一五）などがある。

装幀——宗利淳一

エクエ・ヤンバ・オー

二〇二一年八月二〇日第一版第一刷印刷　二〇二一年九月一日第一版第一刷発行

著者――アレホ・カルペンティエール

訳者――平田渡

発行者――鈴木宏

発行所――株式会社水声社

東京都文京区小石川二―七―五　郵便番号一一二―〇〇〇二

電話〇三―三八一八―六〇四〇　FAX〇三―三八一八―二四三七

［編集部］横浜市港北区新吉田東一―七七―一七　郵便番号二二三―〇〇五八

電話〇四五―七一七―五三五六　FAX〇四五―七一七―五三五七

郵便振替〇〇一八〇―四―六五四一〇〇

URL : http://www.suiseisha.net

印刷・製本――ディグ

ISBN978-4-8010-0593-8

モンテスキューの孤独　シャードルト・ジャヴァン
二八〇〇円
涙の通り路　アブドゥラマン・アリ・ワベリ
二五〇〇円
トランジット　アブドゥラマン・アリ・ワベリ
二五〇〇円
バルバラ　アブドゥラマン・アリ・ワベリ
二〇〇〇円
ハイチ女へのハレルヤ　ルネ・ドゥペストル
二八〇〇円
赤外線　ナンシー・ヒューストン　二八〇〇円
マホガニー　エドゥアール・グリッサン　二五〇〇円
憤死　エドゥアール・グリッサン　二八〇〇円
草原讃歌　ナンシー・ヒューストン　二八〇〇円
リトル・ボーイ　マリーナ・ペレサグア　二五〇〇円
ポイント・オメガ　ドン・デリーロ　一八〇〇円
沈黙　ドン・デリーロ　二〇〇〇円
暮れなずむ女　ドリス・レッシング　二五〇〇円
生存者の回想　ドリス・レッシング　二二〇〇円

シカスタ　ドリス・レッシング　三八〇〇円
これは小説ではない　デイヴィッド・マークソン
二八〇〇円
ライオンの皮をまとって　マイケル・オンダーチェ
二八〇〇円
神の息に吹かれる羽根　シークリット・ヌーネス
二二〇〇円
ミッツ　シークリット・ヌーネス　一八〇〇円
メルラーナ街の混沌たる殺人事件　カルロ・エミーリオ・
ガッダ　三五〇〇円
連邦区マドリード　J・J・アルマス・マルセロ
三五〇〇円
石蹴り遊び　フリオ・コルタサル　四〇〇〇円
モレルの発明　A・ビオイ＝カサーレス　一五〇〇円
テラ・ノストラ　カルロス・フエンテス　六〇〇〇円
古書収集家　グスタボ・ファベロン＝パトリアウ
二八〇〇円
欠落ある写本　カマル・アブドゥッラ　三〇〇〇円

［価格税別］